―――――― 阅读之前 没有真相

午夜文库

阿加莎·克里斯蒂
马普尔小姐系列

阿加莎·克里斯蒂
Agatha Christie (1890—1976)

无可争议的侦探小说女王,侦探文学史上最伟大的作家之一。

阿加莎·克里斯蒂原名为阿加莎·玛丽·克拉丽莎·米勒,一八九〇年九月十五日生于英国德文郡托基的阿什菲尔德宅邸。她几乎没有接受过正规的教育,但酷爱阅读,尤其痴迷于歇洛克·福尔摩斯的故事。

第一次世界大战期间,阿加莎·克里斯蒂成了一名志愿者。战争结束后,她创作了自己的第一部侦探小说《斯泰尔斯庄园奇案》。几经周折,作品于一九二〇年正式出版,由此开启了克里斯蒂辉煌的创作生涯。一九二六年,《罗杰疑案》由哈珀柯林斯出版公司出版。这部作品一举奠定了阿加莎·克里斯蒂在侦探文学领域不可撼动的地位。之后,她又陆续出版了《东方快车谋杀案》、《ABC谋杀案》、《尼罗河上的惨案》、《无人生还》、《阳光下的罪恶》等脍炙人口的作品。时至今日,这些作品依然是世界侦探文学宝库里最宝贵的财富。根据她的小说改编而成的舞台剧《捕鼠器》,已经成为世界上公演场次最多的剧目;而在影视改编方面,《东方快车谋杀案》为英格丽·褒曼斩获奥斯卡大奖,《尼罗河上的惨案》更是成为几代人心目中的经典。

阿加莎·克里斯蒂的创作生涯持续了五十余年,总共创作了八十余部侦探小说。她的作品畅销全世界一百多个国家和地区,累计销量已经突破二十亿册。她创造的小胡子侦探波洛和老处女侦探马普尔小姐为读者津津乐道。阿加莎·克里斯蒂是柯南·道尔之后最伟大的侦探小说作家,是侦探文学黄金时代的开创者和集大成者。一九七一年,英国女王授予克里斯蒂爵士称号,以表彰其不朽的贡献。

一九七六年一月十二日,阿加莎·克里斯蒂逝世于英国牛津郡沃灵福德家中,被安葬于牛津郡的圣玛丽教堂墓园,享年八十五岁。

阿加莎·克里斯蒂 侦探作品年表

波洛系列

1920　The Mysterious Affair at Styles《斯泰尔斯庄园奇案》
1923　Murder on the Links《高尔夫球场命案》
1924　Poirot Investigates《首相绑架案》
1926　The Murder of Roger Ackroyd《罗杰疑案》
1927　The Big Four《四魔头》
1928　The Mystery of the Blue Train《蓝色列车之谜》
1932　Peril at End House《悬崖山庄奇案》
1933　Lord Edgware Dies《人性记录》
1934　Murder on the Orient Express《东方快车谋杀案》
1935　Three-Act Tragedy《三幕悲剧》
1935　Death in the Clouds《云中命案》
1936　The ABC Murders《ABC谋杀案》
1936　Murder in Mesopotamia《古墓之谜》
1936　Cards on the Table《底牌》
1937　Dumb Witness《沉默的证人》
1937　Death on the Nile《尼罗河上的惨案》
1937　Murder in the Mews《幽巷谋杀案》
1938　Appointment with Death《死亡约会》
1938　Hercule Poirot's Christmas《波洛圣诞探案记》
1940　Sad Cypress《H庄园的午餐》
1940　One, Two, Buckle My Shoe《牙医谋杀案》
1941　Evil Under the Sun《阳光下的罪恶》
1943　Five Little Pigs《五只小猪》
1946　The Hollow《空幻之屋》
1947　The Labours of Hercules《赫尔克里·波洛的丰功伟绩》
1948　Taken at the Flood《顺水推舟》
1952　Mrs. McGinty's Dead《清洁女工之死》
1953　After the Funeral《葬礼之后》
1955　Hickory Dickory Dock《山核桃大街谋杀案》
1956　Dead Man's Folly《弄假成真》
1959　Cat Among the Pigeons《鸽群中的猫》
1960　The Adventure of the Christmas Pudding《雪地上的女尸》

阿加莎·克里斯蒂 侦探作品年表

| 1963 | The Clocks《怪钟疑案》
| 1966 | Third Girl《第三个女郎》
| 1969 | Hallowe'en Party《万圣节前夜的谋杀》
| 1972 | Elephants Can Remember《大象的证词》
| 1974 | Poirot's Early Stories《蒙面女人》
| 1975 | Curtain—Poirot's Last Case《帷幕》

马普尔小姐系列

| 1930 | The Murder at the Vicarage《寓所谜案》
| 1932 | The Thirteen Problems《死亡草》
| 1942 | The Body in the Library《藏书室女尸之谜》
| 1943 | The Moving Finger《魔手》
| 1950 | A Murder Is Announced《谋杀启事》
| 1952 | They Do It with Mirrors《借镜杀人》
| 1953 | A Pocket Full of Rye《黑麦奇案》
| 1957 | 4.50 from Paddington《命案目睹记》
| 1962 | The Mirror Crack'd from Side to side《破镜谋杀案》
| 1964 | A Caribbean Mystery《加勒比海之谜》
| 1965 | At Bertram's Hotel《伯特伦旅馆》
| 1971 | Nemesis《复仇女神》
| 1976 | Sleeping Murder《沉睡谋杀案》
| 1979 | Miss Marple's Final Cases《马普尔小姐最后的案件》

其他系列及非系列

| 1922 | The Secret Adversary《暗藏杀机》
| 1924 | The Man in the Brown Suit《褐衣男子》
| 1925 | The Secret of Chimneys《烟囱别墅之谜》
| 1929 | Partners in Crime《犯罪团伙》
| 1929 | The Seven Dials Mystery《七面钟之谜》
| 1930 | The Mysterious Mr. Quin《神秘的奎因先生》
| 1931 | The Sittaford Mystery《斯塔福特疑案》
| 1933 | The Witness for the Prosecution《控方证人》
| 1934 | Why Didn't They Ask Evans?《悬崖上的谋杀》
| 1934 | The Listerdale Mystery《金色的机遇》

阿加莎·克里斯蒂 侦探作品年表

1934　Parker Pyne Investigates《惊险的浪漫》
1939　Murder Is Easy《逆我者亡》
1939　And Then There Were None《无人生还》
1941　N or M?《桑苏西来客》
1944　Towards Zero《零点》
1945　Sparkling Cyanide《闪光的氰化物》
1945　Death Comes as the End《死亡终局》
1949　Crooked House《怪屋》
1950　Three Blind Mice and Other Stories《三只瞎老鼠》
1951　They Came to Baghdad《他们来到巴格达》
1954　Destination Unknown《地狱之旅》
1958　Ordeal by Innocence《奉命谋杀》
1961　The Pale Horse《灰马酒店》
1967　Endless Night《长夜》
1968　By the Pricking of My Thumbs《煦阳岭的疑云》
1970　Passenger to Frankfurt《天涯过客》
1973　Postern of Fate《命运之门》
1997　While the Light Lasts《灯火阑珊》

出版前言

纵观世界侦探文学一百七十余年的历史,如果说有谁已经超脱了这一类型文学的类型化束缚,恐怕我们只能想起两个名字——一个是虚构的人物歇洛克·福尔摩斯,而另一个便是真实的作家阿加莎·克里斯蒂。

阿加莎·克里斯蒂以她个人独特的魅力创造着侦探文学史上无数的传奇:她的创作生涯长达五十余年,一生撰写了八十余部侦探小说;她开创了侦探小说史上最著名的"黄金时代";她让阅读从贵族走入家庭,渗透到每个人的生活中;她的作品被翻译成一百多种文字,畅销全球一百五十余个国家,作品销量与《圣经》、《莎士比亚戏剧集》同列世界畅销书前三名;她的《罗杰疑案》、《无人生还》、《东方快车谋杀案》、《尼罗河上的惨案》都是侦探小说史上的经典;她是侦探小说女王,因在侦探小说领域的独特贡献而被册封为爵士;她是侦探小说的符号和象征。她本身就是传奇。沏一杯红茶,配一张躺椅,在暖暖的阳光下读阿加莎的小说是一种生活方式,是惬意的享受,也是一种态度。

午夜文库成立之初就试图引进阿加莎的作品,但几次都与版权擦肩而过。随着午夜文库的专业化和影响力日益增强,阿加莎·克里斯蒂的版权继承人和哈珀柯林斯出版公司主动要求将版权独家授予新星出版社，并将阿加莎系列侦探小说并入午夜文库。这是对我们长期以来执著于侦探小说出版的褒奖，是对我们的信任与鼓励，更是一种压力和责任。

新版阿加莎·克里斯蒂作品由专业的侦探小说翻译家以最权威的英文版本为底本，全新翻译，并加入双语作品年表和阿加莎·克里斯蒂家族独家授权的照片、手稿等资料，力求全景展现"侦探女王"的风采与魅力。使读者不仅欣赏到作家的巧妙构思、离奇桥段和睿智语言，而且能体味到浓郁的英伦风情。

阿加莎作品的出版是一项系统工程，规模庞大，我们将努力使之臻于完美。或存在疏漏之处，欢迎方家指正。

新星出版社
午夜文库编辑部

Agatha Christie

Over the next few years, we plan to celebrate two very important Agatha Christie anniversaries. In 2015, it is the 125th anniversary of her birth in Torquay, South Devon, England, and in 2020 it will be 100 years after her first book, THE MYSTERIOUS AFFAIR AT STYLES, featuring her famous detective, Hercule Poirot, was published. This is therefore a very appropriate moment to publish a new edition of her works, and I am delighted that HarperCollins has chosen to work with New Star on these new editions. New Star is China's top crime publisher, and has a strong and dedicated editorial staff and a continued passion for Agatha Christie, making them the ideal partner. It is the right time to make these classic books available in modern translations and so to bring Agatha Christie's books anew to her many fans in China, giving them a new reason to re-read these much-loved stories, as well as introducing them to a whole new audience. How delighted Agatha Christie would have been that her stories (as she called them) are still giving so much pleasure to so many people all over the world!

I think there are two very remarkable things about Agatha Christie's stories. The first is that they are so adaptable. It doesn't really matter which language they appear in, the stories and the plots still give the same thrill, still provide the same puzzles, and the characters still have the same attraction. Readers in China will I am sure enjoy Hercule Poirot and Miss Marple just as much as we do in England, and readers in China will still be transfixed by the surprises and horrors of AND THEN THERE WERE NONE, one of the great classics of 20th century detective fiction, as we are here.

Agatha Christie

The second is that the stories give a wonderful picture of England, particularly rural England, at the time Agatha Christie lived. She wrote books from 1920 until 1970 but it is sometimes hard to tell which part of her life each book was written in. Her characters and the life they lived were very much the same. The life we all live is changing very quickly these days but the Agatha Christie world stays the same. Perhaps the Miss Marple stories provide the best example of this, and in some ways, THE BODY IN THE LIBRARY and NEMESIS are quite similar, despite the fact that thirty years elapsed between the time they were written.

Perhaps I might end by mentioning three Agatha Christies (other than the ones mentioned above) which I think demonstrate why she is so popular, even in the twenty-first century. The first is MURDER ON THE ORIENT EXPRESS, one of the most famous with one of the most ingenious and human plots. Read this on one of your long train journeys in China! Next is A MURDER IS ANNOUNCED, a Miss Marple which was her 50th book. It has my favourite murderer in it! And last is ENDLESS NIGHT a story about evil and how it affects three young people, written at the time when I knew her best, and understood how deeply she cared and sympathised with young people and the world they lived in.

Whichever are your favourites I hope you enjoy these stories that New Star are introducing to you again. I think it is a great publishing event.

Mathew *(signature)*
Grandson of Agatha Christie
Chairman of Agatha Christie Ltd

致中国读者

(午夜文库版阿加莎·克里斯蒂作品集序)

在接下来的几年中,我们将要筹备两个非常重要的关于阿加莎·克里斯蒂的纪念日。二〇一五年是她的一百二十五岁生日——她于一八九〇年出生于英国的托基市;二〇二〇年则是她的处女作《斯泰尔斯庄园奇案》问世一百周年的日子,她笔下最著名的侦探赫尔克里·波洛就是在这本书中首次登场。因此新星出版社为中国读者们推出全新版本的克里斯蒂作品恰逢其时,而且我很高兴哈珀柯林斯选择了新星来出版这一全新版本。新星出版社是中国最好的侦探小说出版机构,拥有强大而且专业的编辑团队,并且对阿加莎·克里斯蒂的作品极有热情,这使得他们成为我们最理想的合作伙伴。如今正是一个良机,可以将这些经典作品重新翻译为更现代、更权威的版本,带给她的中国书迷,让大家有理由重温这些备受喜爱的故事,同时也可以将它们介绍给新的读者。如果阿加莎·克里斯蒂知道她的小故事们(她这样称呼自己的这些作品)仍然能给世界上这么多人带来如此巨大的阅读享受,该有多么高兴啊!

我认为阿加莎·克里斯蒂的作品有两个非常重要的特征。首先它们是非常易于理解的。无论以哪种语言呈现,故事和情节都同样惊险刺激,呈现给读者的谜团都同样精彩,而书中人物的魅力也丝毫不受影响。我完全可以肯定,中国的读者能够像我们英国人一样充分享受赫尔克里·波洛和马普尔小姐带来的乐趣,中国读者也会和我们一样,读到二十世纪最伟大的侦探经典作品——比如《无人生还》——的时候,被震惊和恐惧牢牢钉在原地。

第二个特征是这些故事给我们展开了一幅英国的精彩画卷,特别是阿加莎·克里斯蒂那个年代的英国乡村。她的作品写于二十世纪二十年代至七十年代间,不过有时候很难说清楚每一本书是在她人生中的哪一段日子里写下的。她笔下的人物,以及他们的生活,多多少少都有些相似。如今,我们的生活瞬息万变,但"阿加莎·克里斯蒂的世界"依旧永恒。也许马普尔小姐的故事提供了最好的范例:《藏书室女尸之谜》与《复仇女神》看起来颇为相似,但实际上它们的创作年代竟然相差了三十年。

最后,我想提三本书,在我心目中(除了上面提过的几本之外)这几本最能说明克里斯蒂为什么能够一直受到大家的喜爱。首先是《东方快车谋杀案》,最著名,也是最机智巧妙、最有人性的一本。当你在中国乘火车长途旅行时,不妨拿出来读读吧!第二本是《谋杀启事》,一个马普尔小姐系列的故事,也是克里斯蒂的第五十本著作。这本书里的诡计是我个人最喜欢的。最后是《长夜》,一个关于邪恶如何影响三个年轻人生活的故事。这本书的写作时间正是我最了解她的时候。我能体会到她对年轻人以及他们生活的世界关心至深。

现在新星出版社重新将这些故事奉献给了读者。无论你最爱的是哪一本,我都希望你能感受到这份快乐。我相信这是出版界的一件盛事。

阿加莎·克里斯蒂外孙

阿加莎·克里斯蒂有限责任公司董事长

马修·普理查德
二〇一三年二月二十日

作者序言

有些陈词滥调只属于某种类型的小说，像是传奇剧里的"秃头坏男爵"，侦探小说里的"藏书室里的尸体"。多年来，我一直试图适当改编那些人们已经熟悉的主题。我给自己立了一些规矩：谜题中的藏书室必须是传统中常见的，另一方面，尸体必须出乎意料、耸人听闻。因为这些规矩，这些年出现在我笔记本上的只有几行字。后来，某个夏天，我在海边一家高级酒店住了几天，就在那时注意到坐在餐厅里餐桌旁的一家人：一个瘸腿老人坐在轮椅上，身边是家里年少的晚辈。幸运的是，他们第二天就离开了，我有机会任意发挥自己的想象力。当人们问我："你把真实的人物写进书里吗？"答案是，我不可能把任何我认识的人或和我交谈过的、甚至听说过的人写进书里！因为某种原因，他们在我眼里不是活生生的人。但我能赋予这些"木偶"不同的特征和自己的各种想象。

所以一个瘸腿老人成了故事的关键人物，而我的马普尔小姐的好朋友——上校和班特里夫人——恰好拥有这样一个藏书室。我像写菜谱一样添加了以下配料：一个职业网球选手、一个年轻的舞者、一位艺术家、一个女童子军、一个舞女，等等人物，再把这道菜以马普尔小姐的方式呈现给大家。

阿加莎·克里斯蒂

阿加莎·克里斯蒂侦探作品集⑦

藏书室女尸之谜
The Body in the Library

［英］阿加莎·克里斯蒂 著
王乐然 译

新 星 出 版 社　NEW STAR PRESS

献给我的朋友纳恩

第一章

1

  班特里夫人在做梦。她的香豌豆花在花展上赢得了一等奖。身穿长袍和白色法衣的教区牧师在教堂颁奖,他妻子穿着泳装从旁边走过。这种举动在现实生活里一定会引起一片反对。不过,梦境赋予的特权使其没有引起教区的任何不满。

  班特里夫人沉醉在她的梦里。这些清晨的梦让她很享受,直到被送来的早茶唤醒。半梦半醒中,她听到每天清晨家里都会出现的嘈杂声。在楼上拉窗帘的女佣弄出的窗帘环碰撞声,在屋外走廊清扫的女佣用扫帚和簸箕弄出的声音。远处,大门门闩被拉开了,发出沉重的响声。

  又一天开始了。她要尽力从花展中获得最大的愉悦,因为它越来越像一个梦了……

  楼下客厅传来木制大百叶窗被打开的声音,她似乎听到了,又好像没听到。这种悄悄做家务发出的被压低的声响通常会持续半个小时,它并不扰人,因为太熟悉了。晨曲的高潮是走廊里轻快而节制的脚步声、印花布裙子的窸窣声,茶盘放在了门外的桌上,茶具发出低低的叮当声,进屋拉窗帘之前,玛丽轻轻的敲门声。

睡梦中的班特里夫人皱起眉头。蒙眬中,她感到一种令人不安的东西,不太对劲儿。走廊里传来的脚步声太匆忙、太快了。她的耳朵下意识地等待瓷器碰撞的声音,却没有等到。

敲门声响了。睡梦中的班特里夫人应道:"进来。"门开了,现在应该是窗帘被拉开的声音了。

但是没听到窗帘环的碰撞声。昏暗的绿色光线里传来玛丽急促的呼吸声和惊恐的叫喊:"哦,夫人,哦,夫人,藏书室里有一具尸体!"

接着又是一阵歇斯底里的哭喊,她又冲出了房间。

2

班特里夫人从床上坐了起来。

要么是她的梦境出现了转折,要么就是——就是玛丽真的闯进来说(难以置信!不可思议!)藏书室里有一具尸体!

"不可能,"班特里夫人喃喃自语,"一定是我在做梦。"

尽管这样说,她却越来越觉得这不是个梦,那个一向非常克制自己的玛丽确实说了那些令人难以置信的话。

班特里夫人定了定神,然后急忙用胳膊肘顶了顶身旁熟睡的丈夫。

"亚瑟,亚瑟,醒醒。"

班特里上校咕哝着抱怨了什么,翻了个身。

"醒醒，亚瑟。你听见她说了什么吗？"

"很有可能，"班特里上校口齿不清地说，"你说得很对，多莉。"接着又睡着了。

班特里夫人摇晃他。

"你听好了，玛丽进来说藏书室里有具尸体。"

"呃，什么？"

"藏书室里有具尸体。"

"谁说的？"

"玛丽。"

班特里上校醒了，他定了定神，试图应付眼前的局面。他说：

"别胡说了，老伴儿。你在做梦。"

"不，不是的。开始我也以为是做梦，但不是。她真的闯进来这么说了。"

"玛丽跑进来说藏书室里有具尸体？"

"是的。"

"但这不可能。"班特里上校说。

"对，对，我也觉得不可能。"班特里夫人犹豫了。

她想了想，又说：

"那么，为什么玛丽说有呢？"

"她不可能说有。"

"她确实说了。"

"一定是你的幻想。"

"我没幻想。"

班特里上校现在已经彻底清醒了，他打算把这事弄个明白，便和气地说：

"多莉，你刚才是在做梦，就是这样。是因为你读了那本侦探小说《断火柴的线索》。你知道的，埃格巴斯顿勋爵在藏书室壁炉前的地毯上发现了一具金发美女的尸体。小说里的藏书室总会发现尸体。我在现实生活中可从没遇到过。"

"也许现在你遇到了，"班特里夫人说，"不管怎么说，亚瑟，你得起来去看看。"

"但是说真的，多莉，这一定是个梦。你刚醒的时候，梦总是特别真实，于是你就相信是真的。"

"我刚才做的梦完全不是这样的，我梦到的是花展，牧师的妻子穿着泳装——诸如此类的事。"

班特里夫人来了精神，她跳下床，拉开窗帘。秋日晴朗的日光立刻涌进了房间。

"这不是我的梦，"班特里夫人肯定地说，"快起床，亚瑟，下楼去看看。"

"你让我下楼去问问藏书室里是不是有具尸体？别人肯定会以为我是个该死的傻子。"

"你什么也不用问，"班特里夫人说，"如果真的有具尸体——当然也可能是玛丽疯了，认为自己看见了不存在的东西——立刻会有人告诉你。你一个字都不用说。"

班特里上校一边抱怨，一边披上睡袍走出了房间。他穿过走廊，走下楼梯。楼梯下面挤着一小簇仆人，有几个还在抽泣。男管家表情严肃地走过来。

"先生，你来了真是太好了。我已经下令，在你来之前什么都不许做。现在你要我打电话报警吗？"

"为什么要报警？"

管家扭过头，责备地看了一眼正伏在厨娘肩头、哭得歇斯底里的高个子姑娘。

"先生，我以为玛丽已经向你报告了。她说她已经讲了。"

玛丽喘着气说：

"我太难受了，根本不知道自己说了什么。我吓坏了，两腿发软，心里直翻腾。看到那个——哦，哦，哦！"

她又靠在埃克尔斯夫人身上，埃克尔斯夫人耐心地说："没事了，没事了，亲爱的。"

"玛丽有些害怕是正常的，先生，是她发现了那可怕的场景。"管家解释说，"她和平时一样走进藏书室拉窗帘，然后——差点儿被尸体绊倒。"

"你是说，"班特里上校追问道，"我的藏书室里有具尸体——我的藏书室？"

管家咳嗽了一声。

"恐怕是的，先生，你最好亲自去看看。"

3

"喂，喂，喂，这里是警察局。是的，你是哪位？"

波尔克警员一手握着听筒，另一手在系制服上衣的扣子。

"是，是，戈辛顿大宅。什么？哦，早上好，先生。"波尔克警员的语气略微起了变化。他发现对方是警察局比赛活动的慷慨资助人和当地的行政官员，语气里便少了些不耐烦的官腔。

"是的，先生。有什么我能为你效劳的吗⋯⋯对不起，先生，我不太明白⋯⋯一具尸体？你是说⋯⋯是⋯⋯奇怪⋯⋯是这样，先生⋯⋯

你不认识的年轻女人?你是说……好的,先生。是的,交给我办吧。"

波尔克警员放下听筒,吹了一声长长的口哨,然后开始拨他上司的电话号码。

厨房里的波尔克夫人探出身来,带出一股诱人的煎熏肉的味道。

"怎么了?"

"你所听过的最离奇的事,"她丈夫回答,"戈辛顿大宅发现了一具年轻女人的尸体。在上校的藏书室里。"

"谋杀?"

"他说是被勒死的。"

"那女人是谁?"

"上校说他根本不认识。"

"那她在他的藏书室里干什么?"

波尔克警员责备地看了她一眼,波尔克夫人安静下来。警员对着电话用非常正式的语气说:

"是斯莱克警督吗?我是波尔克警员。我接到报案,说今天早上七点十五分发现了一具年轻女人的尸体……"

4

马普尔小姐接到电话时正在穿衣服。铃声让她有点儿慌乱。通常没人会在这时候给她打电话。她是一个生活严谨的老小姐,日程安排得有条不紊,出人意料的电话会让她浮想联翩。

"天哪,"马普尔小姐困惑地看着电话,"会是谁呢?"

九点到九点半是村民们致电问候的时间,一天的计划、邀请做客等等都是那时的话题。如果猪肉买卖出现危机,肉铺老板九点前就会打来电话。一天之中的其他时间也会有电话,但晚上九点半以后的电话被认为是很失礼的。尽管马普尔小姐的外甥——那个作家——很古怪,会在最奇怪的时间打电话,最晚的一次是在午夜前十分钟。但无论雷蒙德·韦斯特有多少古怪行为,早起肯定不是其中之一。不管是他还是马普尔小姐认识的任何人,都不会在早上八点之前来电话。确切地说,是八点差一刻。

即使是电报也太早了,邮局要到八点才开门。

"一定是打错了。"马普尔小姐断定。

她走到不耐烦的电话机旁,拿起听筒,吵闹的铃声停了。"喂?"她说。

"简,是你吗?"

马普尔小姐大吃一惊。

"是的,我是。你起床可真早,多莉。"

电话那头传来班特里夫人焦虑不安的声音,她听起来气喘吁吁的。

"发生了最可怕的事。"

"哦,亲爱的。"

"我们在藏书室里发现了一具尸体。"

一时间,马普尔小姐还以为她的朋友疯了。

"你们发现了什么?"

"我知道,没人会信的,不是吗?我是说,我也以为只有书里面才会发生这种事。今天早上我和亚瑟争论了很久,他才同意下楼看看。"

马普尔小姐努力保持镇定。她屏住呼吸,追问道:"可是,那是谁的尸体?"

"一个金发女郎。"

"一个什么?"

"一个金发女郎,漂亮的金发女郎——又和书里一样。以前我们谁都没见过她。她就那样躺在藏书室里,死了。所以你得马上过来。"

"你想让我过去?"

"是的,我立刻派车去接你。"

马普尔小姐迟疑地说:

"哦,当然,亲爱的,如果我能给你带去一些安慰——"

"哦,我不需要安慰。我知道你对谋杀案很擅长。"

"哦,不,说真的,我那一点儿小成功大都是理论上的。"

"可是你特别擅长处理谋杀案。你知道,她是被勒死的,是谋杀。我认为如果家里出了谋杀案,能自己侦破就太好了,你明白我的意思。所以我要请你过来,帮我找出凶手,解开谜团。这太让人激动了,不是吗?"

"是的,当然,亲爱的,如果我能帮你的话。"

"好极了!亚瑟现在不太好对付。他似乎认为我根本不应该对此有兴趣。当然,我知道这事令人难过,可我不认识那个女孩——你见了她就会明白我的意思,我是说,她看上去一点儿也不真实。"

5

马普尔小姐从班特里家的车里出来,有点儿气喘,司机为她扶住车门。

班特里上校走出来,站在台阶上,看上去有点儿惊讶。

"马普尔小姐——呃——很高兴见到你。"

"你妻子给我打了电话。"马普尔小姐解释说。

"太好了,太好了。她是需要有人陪着,不然会崩溃的。现在她装作若无其事，可你知道其实——"

这时，班特里夫人出现了，她大声宣布：

"回餐厅去吃早饭，亚瑟。你的培根要冷了。"

"我以为是警督到了。"班特里上校解释说。

"他很快就到，"班特里夫人说，"正因为如此，你必须先吃早饭。你需要吃早饭。"

"你也是。最好进来吃点儿东西，多莉。"

"我马上来，"班特里夫人说，"快去，亚瑟。"

班特里上校像一只倔犟的母鸡，被她嘘着赶进了餐厅。

"好了！"班特里夫人以胜利者的口吻说，"来吧。"

她引着马普尔小姐迅速穿过长长的走廊，向房子东翼走去。波尔克警员守在藏书室门外，威严地拦住了班特里夫人。

"夫人，恐怕任何人都不许入内。这是警督的命令。"

"荒唐，波尔克，"班特里夫人说，"你很清楚马普尔小姐是谁。"

波尔克警员承认他认识马普尔小姐。

"让她看看尸体，这很重要。"班特里夫人说，"别犯傻了，波尔克。这毕竟是我的藏书室，不是吗？"

波尔克警员让步了。他向来习惯屈从于上等人。不过他明白，这件事绝不能让警督知道。

"任何东西都不能碰。"他警告两位女士。

"当然不会。"班特里夫人不耐烦地说，"我们知道。如果你想的话，进来看着吧。"

波尔克警员没错过这次许可，他确实想进去。

班特里夫人带着她的朋友凯旋般地穿过藏书室，来到一个老式大壁炉前。她以戏剧到了高潮般的架势叫着："那儿！"

直到这时,马普尔小姐才明白,她朋友所说的那个死去的女孩看起来不真实是什么意思。藏书室极好地体现了主人的特点。非常宽敞,陈旧而凌乱。几张快散架的大扶手椅,大写字台上放着烟斗、书籍和不动产文件。墙上挂着一两幅漂亮的家庭成员肖像,已经有些年头了,还有几幅拙劣的维多利亚时期的水彩画,以及一些自以为有趣的狩猎主题绘画。墙角有一个装着紫菀的大花瓶。整个房间光线昏暗、色彩柔和、陈设随意。显然这间藏书室已经使用了很久,与传统有着种种联系,主人对这里非常熟悉。

然而,横在壁炉前熊皮地毯上的东西,却是新奇的、突兀的、惊悚的。

那是个艳丽的女孩,脸庞边散落着完美到不自然的头发,那些弯曲的鬈发显然是精心打理过的,单薄的身体上裹着一件白缎子做的露背晚礼服,上面缝着亮闪闪的饰片。妆化得很浓,淤青肿胀的脸上堆着粉,看上去奇特诡异;厚厚的睫毛膏横在变形的脸颊上,猩红的嘴唇像一道深深的伤口。她的手指甲,还有廉价银色凉鞋映衬的脚指甲上都涂着血红的指甲油。这具低贱、媚俗、艳丽的尸体和班特里上校藏书室那稳重传统的风格截然相反。

班特里夫人压低了声音:

"你懂我的意思吗?就是不真实。"

站在她身旁的老妇人点点头,久久俯视着那具蜷曲的尸体,陷入沉思。

最后,她轻声说:

"她很年轻。"

"是——是——我想她是的。"班特里夫人看上去很惊讶——仿佛刚刚发现了什么。

马普尔小姐弯下腰。她没碰那个女孩,而是看着紧抓住裙子前襟的手指,它们似乎在为最后一口气而疯狂挣扎。

窗外传来轮胎碾上砾石路的声音。波尔克警员紧张地说:

"警督来了……"

正如他所深信的,上等人不会让你失望,班特里夫人立刻走向门口,马普尔小姐跟在她后面。班特里夫人说:

"没事的,波尔克。"

波尔克警士马上松了一口气。

6

班特里上校匆匆用一口咖啡送下最后一片抹果酱的面包,然后急急忙忙地回到大厅,正看见梅尔切特上校从车上下来,他顿时松了一口气。和梅尔切特一起从车上下来的是斯莱克警督。梅尔切特上校是班特里上校的朋友。他向来看不惯斯莱克——一个自负而精力充沛的人,和他的名字截然相反,他总是一副匆匆忙忙的样子,对任何他认为不重要的人都不屑一顾。

"早啊,班特里。"警察局局长说,"我想最好还是亲自来一趟。此事看来很不寻常。"

"这——这——"班特里上校一时词穷,"不可思议——太稀奇了!"

"你不知道那个女人是谁吗?"

"完全不知道。我这辈子从没见过她。"

"管家知道些什么吗?"斯莱克警督问。

"洛里默和我一样震惊。"

"啊，"斯莱克警督说，"是这样。"

班特里上校说：

"餐厅里有早点，梅尔切特，想吃点儿什么吗？"

"不，不——最好先工作。海多克应该到了——啊，他来了。"

又一辆车停在门前，身材高大、肩膀宽阔的海多克医生从车上下来，他的另一个身份是法医。接着，另一辆警车里跳出两个便衣，其中一个带着照相机。

"都准备好了吗？"警察局局长说，"好，我们开始吧。在藏书室里，斯莱克说了。"

班特里上校叹了一口气。

"简直不敢相信！你知道，今天早上我妻子坚持说女佣进了房间，告诉她藏书室里有具尸体。我就是不相信。"

"当然，当然，这我完全明白。希望你夫人没有因为这事而过于紧张。"

"她很好——真的好极了。马普尔小姐从村子里来了，在这里陪着她，你知道。"

"马普尔小姐？"警察局局长紧张起来，"为什么请她来？"

"哦，一个女人需要另一个女人吧——你不觉得吗？"

梅尔切特上校笑了出来：

"我倒是觉得，你妻子想让业余侦探显显身手。马普尔小姐可是一位出名的本地侦探。有一次让我们都信服了，对吧，斯莱克？"

警督斯莱克说："那次不一样。"

"哪里不一样？"

"那是一起地方性案件，先生。这位女士对村子里的一切确实了如指掌，但这一次可超出她的能力范围了。"

梅尔切特冷冷地说:"斯莱克,可你自己还没弄明白呢。"

"啊,等着瞧吧,先生。用不了多久我就能了结此案。"

7

餐厅里,班特里夫人和马普尔小姐开始吃早餐了。

照顾好她的客人之后,班特里夫人急忙问道:

"你怎么看,简?"

马普尔小姐抬起头,有些困惑地看着她。

班特里夫人期待地问:

"难道没让你想起什么吗?"

马普尔小姐已经赢得了这样的名声:她能把发生在乡间的琐事和更重大的难题联系起来,并以此解决后者。

"没有,"马普尔小姐一边思考一边说道,"我得说没有——至少目前没有。我只是忽然想起切蒂夫人家最小的伊迪,不过我觉得只是因为那个可怜的小女孩总咬指甲,因此门牙有点儿突出。仅此而已。当然,"马普尔小姐继续追述,"伊迪热衷于那些我称为便宜货的花俏装束。"

"你是说她的衣服?"班特里夫人说。

"没错,非常俗气的假缎子——质地很差。"

班特里夫人说:

"我知道。那些廉价小店里的东西每件都只要一个几尼。"她继续期待地问,"那么,切蒂夫人家的伊迪怎么样了?"

"刚获得第二份工作——干得不错,我认为。"

班特里夫人有点儿失望。在乡间找到可供对比的人和事是不太可能了。

"我还没想清楚，"班特里夫人说，"她到亚瑟的藏书室里来做什么。波尔克说窗户是被撬开的。她可能是和窃贼同伙一起进屋，然后吵了起来——但这根本不合理，是不是？"

"她那身打扮可不像窃贼。"马普尔小姐沉吟道。

"不像，她像是要去舞会——或是什么晚会派对。但这里根本没有派对——这附近也没有。"

"不……"马普尔小姐有些犹豫。

班特里夫人突然说：

"简，你一定想到了什么。"

"好吧，我只是觉得——"

"什么？"

"巴兹尔·布莱克。"

班特里夫人激动地喊出口："哦，不！"她补充道，"我认识他母亲。"

两个女人看着对方。

马普尔小姐叹了口气，摇摇头。

"我非常理解你的感受。"

"塞利纳·布莱克是我能想得到的最善良的女人。她的花坛太美了——简直让我嫉妒得眼红。而且她还乐于把它们剪下送人，慷慨得可怕。"

马普尔小姐没理会为布莱克夫人辩护的话，说：

"不管怎么说，你知道，最近有很多闲话。"

"哦，我知道——我知道。亚瑟听见巴兹尔·布莱克这个名字，就气得脸色铁青。他对待亚瑟的态度真是非常粗鲁，从此亚瑟就不想听到任何人讲他的好话。他总是傻乎乎地以轻蔑的语气谈论这一代男孩——他们嘲笑人们维护自己的母校和帝国，或其他的事。还有，当然了，他的衣着打扮！"

"人们说，"班特里夫人继续讲，"在乡下穿什么衣服并不重要。我可没听过这种胡话，正是在乡下才会让每个人都注意到。"她停下来，伤感地补充道，"他在澡盆里的时候还是个可爱的婴孩呢。"

"上个星期天的报纸上有一张切维厄特杀手在婴儿时拍的照片，非常可爱。"马普尔小姐说。

"哦，可是，简，你不会认为他——"

"不，不，亲爱的。我根本没那么想，直接下结论实在太草率了。我只是试图弄明白那个年轻女人究竟为什么会出现在这里。不该是圣玛丽米德这样的地方。再说了，我认为唯一可能的解释就是巴兹尔·布莱克。他的确开过派对，伦敦和电影制片厂都有人来参加——你记得去年七月吗？叫喊声和歌唱声——最可怕的噪声，每个人都酩酊大醉，第二天早上的混乱和碎玻璃，你看了都不会相信——贝里老夫人是这么告诉我的，一个年轻女人睡在浴室里，什么都没穿。"

班特里夫人宽容地说：

"大概是电影圈的人吧。"

"很可能是的。而且——你大概已经听说了——最近这几个周末，他带来了一个年轻女人，头发是浅金色的。"

班特里夫人惊讶地叫道：

"你不会觉得就是这个女人吧？"

"呃——我也想知道。当然，我从未走近了看她——只有上车和下车的时候——还有一次是她在小屋花园里晒太阳的时候，只穿了短裤和胸罩。我从没看清楚她的脸,这些女孩都化着浓妆,头发和指甲看起来全一样。"

"你说得没错。不过,简,这也有可能是一条线索。"

第二章

1

这时,梅尔切特上校和班特里上校恰恰也在讨论这条线索。

看过尸体后,警察局局长便让手下去做他们的例行工作,自己和房子主人一起走到另一翼的书房。

梅尔切特上校是个外表暴躁的人,总是习惯性地扯他嘴唇上的红色小胡子。现在他正一边扯胡子,一边困惑地瞥着对方。最后,他责备道:

"我说,班特里,有件事我不吐不快,你真的不认识这个女孩吗?"

班特里立刻连珠炮般地解释起来,警察局局长却打断了他的话。

"是的,是的,伙计。这样说吧,或许这会让你觉得难堪——你已经结婚了,深爱着你的妻子,不过这话只有你知我知——如果你和这女孩之间有任何关系,最好现在就说出来。想要隐瞒事实是很自然的,如果是我的话，或许也会这么做，但是行不通，这是谋杀案，迟早都会真相大白的。见鬼，我不是说你勒死了那个女孩——你做不出这种事——我知道。但她毕竟到了这儿——这幢房子，她可能是闯进来等你的，有个家伙跟着她到了这儿，杀了她。这不是没有可能，你懂我的意思吗？"

"见鬼，梅尔切特，我说了，我这辈子从未见过这个女孩——我不是那种人。"

"好了，不能怪你，我知道，你是世界上最好的人。不过，如果你说的是真的——问题在于，她来这儿干什么？她不是这附近的人——这非常确定。"

"整件事就是一场噩梦。"房子的主人非常生气。

"问题在于，伙计，她在你的藏书室里干什么？"

"我怎么能知道？又不是我请她来的。"

"是，你确实没有，可她还是来了，似乎是想见你。你有没有收到奇怪的信或什么东西？"

"没有。"

梅尔切特上校换了一种巧妙的问话方式：

"昨天晚上你独自一个人的时候干什么了？"

"我去参加保守党联合会的会议。九点钟在马奇贝纳姆。"

"你到家时是几点？"

"我离开马奇贝纳姆的时候刚过十点——回来的路上遇到了一点儿麻烦，换了一个轮胎。到家时是十二点差一刻。"

"你没进藏书室？"

"没有。"

"真遗憾。"

"我太累了,就直接上床睡觉了。"

"有人给你开门吗?"

"没有。我总是带着前门钥匙。洛里默每天十一点上床睡觉,除非我特意吩咐过他。"

"谁关上了藏书室的门?"

"洛里默。每年的这个时候都是七点半左右关。"

"之后他还进去吗?"

"如果我不在,他不会的。他会把盛着威士忌和酒杯的托盘留在大厅里。"

"知道了。那你妻子呢?"

"不知道。我回来时她已经在床上睡熟了,她昨晚可能去过藏书室或客厅。我没问她。"

"好吧,我们很快就会把所有的细节搞清楚。有没有可能是某个用人呢?"

班特里上校摇着头说:

"我不相信。他们都是非常体面的人,我们已经用了他们很多年了。"

梅尔切特表示同意。

"是的,他们不太可能掺和进来。这个女孩更像是从城里来的——可能是和什么年轻小伙子一起。不过,他们为什么要闯进这幢房子——"

班特里打断了他。

"伦敦,这就对了。我们这里没有什么能吸引他们的——至少——"

"哦,什么?"

"我敢肯定!"班特里上校叫道,"巴兹尔·布莱克!"

"他是谁？"

"一个电影圈的年轻人，无恶不作。可我妻子总是护着他，因为她和他母亲以前是同学。就是个一无是处、自大无礼的家伙！真想从后面给他一脚！他占据了兰夏姆路上那幢小屋，你知道的，那座可怕的现代化建筑。他家里经常办派对，尖叫，吵闹的人群……他还带女孩去那里过周末。"

"女孩？"

"是的，上星期还来了一个呢，那种金色头发的女孩——"

上校微微颔首。

"一个金色头发的女孩，是吗？"梅尔切特沉思道。

"是的。我说，梅尔切特，你该不会——"

警察局局长高兴地说：

"这是一种可能，这能解释像这样的女孩为什么会到圣玛丽米德来。我想我应该去找这个年轻人谈谈——布莱德——布拉克——你刚才说他叫什么名字？"

"布莱克。巴兹尔·布莱克。"

"你知道他在家吗？"

"让我想想。今天是星期几——星期六？他通常在星期六上午的某个时间来这儿。"

梅尔切特冷笑道：

"看看我们能不能找到他。"

2

巴兹尔·布莱克的半木质结构小屋里装备着所有的现代化便利设

施,是一幢仿都铎式建筑。邮局的管理者和小屋的建造人威廉·布克称之为"查茨沃思",巴兹尔和他的朋友叫它"时代的杰作",而圣玛丽米德村的人普遍认为它就是"布克先生的新房子"。

确切地说,这幢小屋在村外四分之一英里多一点儿的地方,坐落在野心勃勃的布克先生新置的一片建筑区里,就在蓝野猪旅店后面,正对着一条保存完好的乡间小路,戈辛顿大宅就在这条路向前走大约一英里的地方。

电影明星买下"布克先生的新房子"的消息传开后,在圣玛丽米德引起了很多人的兴趣。他们期待在这个村子里看到传说中的人物亮相,仅就外表而言,巴兹尔·布莱克确实满足了他们的好奇心。然而,真相渐渐泄露,巴兹尔·布莱克不是什么电影明星——连电影演员都不是。他只是一个小人物,在英国新时代电影制作中心总部的莱姆维尔制片厂负责布景装饰的人中排名约第十五。村子里的姑娘们顿时失去了兴趣,挑剔的老小姐们对巴兹尔·布莱克的生活方式非常看不惯,仍然对巴兹尔和他的朋友抱有热情的只剩下了蓝野猪旅店的店主。自从年轻人来这儿之后,蓝野猪旅店的收入增加了。

警车停在布克先生高级住宅的粗木大门前。梅尔切特上校用鄙视的目光看着装饰过度的查茨沃思,然后大步走到前门,使劲儿拍打门环。

没想到门很快就开了。一个身穿宝蓝色衬衣和橘色灯芯绒长裤,留着黑色长发的年轻人大声问道:"你有什么事?"

"你是巴兹尔·布莱克先生吗?"

"当然是。"

"布莱克先生,方便的话,我很想和你谈一谈。"

"你是谁?"

"我是梅尔切特上校,郡警察局局长。"

布莱克先生粗鲁地说：

"不可能吧，这太滑稽了！"

跟着他进门的梅尔切特明白了班特里上校为什么会对这个年轻人有那样的评价。他也感到一阵不快。

不过，他还是克制住情绪，尽力用和蔼的口气说：

"你起得很早啊，布莱克先生。"

"根本不早。我还没睡觉呢。"

"是这样。"

"不过，我想你不是来调查我上床睡觉的时间吧——应该不会这样浪费郡里的时间和金钱。你想和我说什么？"

梅尔切特上校清了清嗓子。

"据我所知，布莱克先生，上周末你有位客人——一位——嗯——年轻的金发女郎。"

巴兹尔·布莱克瞪起眼，仰头大笑。

"是乡下的老悍妇告诉你的？是关于我的道德问题？见鬼，道德不是警察的管辖范畴。你知道。"

"你说得没错，"梅尔切特干巴巴地说，"你的道德品行与我无关。我来找你的原因是我们发现了一个金发女人的尸体——呃——外表像是从外面来的女人，她被谋杀了。"

"天哪！"布莱克瞪着他，"在什么地方？"

"在戈辛顿大宅的藏书室里。"

"在戈辛顿？老班特里家？哦，这可真是有意思。老班特里！那个下流的老家伙！"

梅尔切特上校脸色通红。他对着面前越来越兴奋的年轻人大声呵斥道："请注意你的言辞，先生。我是来问你能否就此事提供任何线索。"

"你来问我是不是丢了一位金发女郎？是吗？这可——哎呀，哎呀，哎呀——这是怎么回事？"

随着尖厉的刹车声，一辆车停在了外面。一个身着飘逸的黑白色睡衣的年轻女人从车里匆匆出来。她涂着猩红的口红和乌黑的睫毛膏，头发是淡金色的。她大步走到门口，用力推开门，生气地喊道：

"为什么丢下我？你这个禽兽！"

巴兹尔·布莱克站了起来。

"你可出现了！为什么我不能丢下你？我让你收拾东西离开，你不肯。"

"凭什么因为你说了我就得他妈的离开？我当时正玩得高兴。"

"是啊——和那个下流的畜生罗森堡。你知道他是什么人。"

"你就是嫉妒。"

"别高看自己了。我讨厌看到我喜欢的女孩喝起酒来无法节制，还让一个恶心的中欧人对她上下其手。"

"胡说八道。你自己才醉得不省人事——还和那个黑头发的西班牙婊子鬼混。"

"如果我带你参加派对，那我希望你能知道检点。"

"我可不会乖乖地听话，就是这么回事。你说过我们先去参加派对，然后才回这里。不尽兴之前我是不会离开的。"

"你不走，我走。我准备好回来就回这儿了。我可不会无聊地等一个蠢女人。"

"亲爱的，你可真有礼貌！"

"你不是一直跟着我混吗？"

"我一直想告诉你我对你的看法！"

"如果你觉得能对我颐指气使,我的姑娘,那你就错了!"

"如果你认为你可以对我指手画脚,你应该再想想!"

两人剑拔弩张地瞪着对方。

梅尔切特上校抓住机会,大声清了清嗓子。

巴兹尔·布莱克转过身看着他。

"你好,我忘了你还在这儿。你该走了吧?让我来介绍——这是黛娜·李——这是郡警察局的老顽固。上校,现在你看到了,我的金发女人还活着,非常健康,也许你该去为老班特里的小女人操心了。再见!"

梅尔切特上校说:

"我建议你说话文明一点儿,年轻人,否则会惹上麻烦的。"他怒气冲冲地大步走了出去,脸涨得通红。

第三章

1

梅尔切特上校在自己位于马奇贝纳姆的办公室里，仔细研究下属送来的报告：

"……所以一切都很清楚了，长官，"斯莱克警督总结道，"班特里夫人晚饭后在藏书室里坐到快十点才离开那里去睡觉。离开房间时她熄灭了灯，估计之后再没有人进去。用人十点半休息，洛里默把酒放在大厅之后回到自己房间，那时是十一点差一刻。除了第三女佣之外，没有人听到任何异常的动静，但她听到的也太多了！呻吟声、令人毛骨悚然的尖叫、不祥的脚步声，还有很多别的动静。和她住在同一个房间的第二女佣说她明明整晚都睡得很熟，没发出任何声音。这些无中生有的人给我们找了一堆麻烦。"

"那扇被人打开的窗户呢？"

"西蒙斯说是外行干的，用了一把普通凿子——常见的型号——不会弄出太大动静。房子周围应该有把凿子,可没人找到。不过,找不到作案工具也并不奇怪。"

"会有哪个用人知道些什么吗?"

斯莱克警督不太情愿地回答说:

"没有,长官。我认为他们不知道。他们看起来都很震惊不安。我曾怀疑是洛里默——他当时保持沉默,我想你明白我的意思——不过现在我不觉得有什么问题。"

梅尔切特点点头,他并不觉得洛里默不说话有什么问题。接受精力充沛的斯莱克警督讯问之后,人们通常会有这样的表现。

门开了,进来的是海多克医生。

"我觉得应该向你通报几个要点。"

"是的,是的,真是太好了。情况如何?"

"要说的并不多。正如你所预料的,是窒息而死。她的缎子腰带绕过后背勒住脖子。很简单,毫不费力——也就是说,那女孩毫无防备。现场没有反抗的迹象。"

"死亡时间呢?"

"大概是晚上十点到午夜之间。"

"能再确切一些吗?"

海多克摇了摇头,微笑着说:

"我不能冒险破坏我的专业声誉。不早于十点,不晚于午夜十二点。"

"你个人倾向于哪个时间?"

"取决于具体情况。当时壁炉燃着,房间里很温暖,这都会减缓尸体的僵硬速度。"

"对于死者,你还有什么要说的吗?"

"没有了。她还年轻——大约十七八岁,我猜。有些方面还没发育成熟,但肌肉发育得很好,身体健康。顺便说一句,她还是处女。"

医生点了点头,走出了办公室。

梅尔切特对警督说:

"你能确定之前没有人在戈辛顿见过她?"

"用人们对此非常肯定,他们非常愤慨。他们说,如果在这一带见过她,应该会记得。"

"我相信他们会的,"梅尔切特说,"如果在方圆一英里内见过这样的人,他们都不会忘的。看看布莱克家那个年轻女人吧。"

"可惜不是她,"斯莱克说,"不然我们就有线索了。"

"我觉得这个女人一定是从伦敦来的。"警察局局长沉思道,"我不相信这附近会有任何线索。这样的话,我们最好报告苏格兰场。这应该是他们的案子,不是我们的。"

"她一定是为了某件事才来这里的。"斯莱克说,然后犹豫不决地补充了一句,"班特里上校和夫人一定知道什么——当然,我知道他们是你的朋友,长官——"

梅尔切特上校冷冷地看了他一眼,坚定地说:

"你可以放心,我会把所有可能性考虑在内。每一种可能。"他接着说,"你已经查过失踪人员名单了吧?"

斯莱克点点头,拿出一张打字纸。

"这里。'绍德夫人,一周前报告失踪,黑头发,蓝眼睛,三十六岁。'不是她。而且,除了她丈夫,每个人都知道她和一个从利兹来的家伙私奔了,为了钱。巴纳德夫人——六十五岁。帕米拉·里夫斯,十六岁,昨晚从家里失踪,她参加了女童子军领会,深褐色的头发,梳着辫子,五英尺五英寸——"

梅尔切特不耐烦地说：

"不用念那些无聊的细节，斯莱克。这不是一个女学生。我认为——"

电话铃声打断了他。"喂——是——是——马奇贝纳姆警察总部——什么？等一下——"

他快速地记着从话筒里听到的内容。再次说话时，他的语气变了：

"鲁比·基恩，十八岁，职业舞蹈演员，身高五英尺四英寸，身材较瘦，金黄色头发，蓝眼睛，翘鼻子，据称穿着缝着亮片的白色晚礼服，银色凉鞋。对吗？什么？是的，我认为很确定。我现在就派斯莱克过去。"

他挂上电话，怀着刚刚激起的兴奋之情，看着他的属下。"有眉目了。是格伦郡警察局打来的（格伦郡是相邻的郡）。丹尼茅斯的堂皇酒店有个女孩失踪了。"

"丹尼茅斯，"斯莱克警督说，"这个很接近了。"

丹尼茅斯是不远处的一个大型时尚海滨度假胜地。

"距离这里只有大概十八英里，"警察局局长说，"失踪的女孩是堂皇酒店的舞女。昨天晚上轮到她上场时没出现，经理为此很不高兴。今天上午她还是不见踪影，另一个女孩就开始担心她。这事很蹊跷。斯莱克，你最好立刻动身前往丹尼茅斯，到了那儿就向哈珀警司报到，配合他工作。"

2

行动总是很对斯莱克警督的口味。驾车飞驰，粗暴地让那些急切地向他报告的人闭嘴，用情况紧急的借口打断谈话。这些都是斯莱克的生命中不可或缺的。

他以令人难以置信的速度赶到了丹尼茅斯,先去警察总部报到,然后和心烦意乱、忧心忡忡的酒店经理匆匆见了一面,给对方留下了令人生疑的安慰——"在我们正式行动之前必须确定死者就是这个女孩。"之后,他和鲁比·基恩最近的亲属驾车回到了马奇贝纳姆。

离开丹尼茅斯前,他给马奇贝纳姆打了一通简短的电话。郡警察局局长对他的到来并不感到意外,但像"这是乔西,长官。"这样简单的介绍似乎还是让他感到突兀。

梅尔切特上校冷冷地瞪着他的下属。他觉得斯莱克简直是脑子出了问题。

刚从车里出来的年轻女人连忙为他解围。

"那是我工作时用的名字,"她解释道,露出一排又大又白的漂亮牙齿,"雷蒙德和乔西,这是我和搭档用的名字,当然,酒店里的人叫我乔西。我真正的名字是约瑟芬·特纳。"

梅尔切特上校整了整状态,请特纳小姐坐下,同时用训练有素的目光迅速扫了她一眼。

她是一个漂亮的年轻女人,年龄在二十到三十岁之间,更接近三十岁。她的美貌主要归功于精致的修饰,而不是天然的五官。她看上去能干、和气、精明。你或许不会把她归于光彩照人的那一类,但颇具吸引力,妆容精致,身穿定制的深色套装。她看上去焦虑不安,但上校觉得她并不感到非常忧伤。

她坐下之后说:"简直不敢相信这么可怕的事是真的。你们真的认为那是鲁比?"

"这个问题,恐怕我们要请你来回答。这可能会令你非常不愉快。"

特纳小姐忧心忡忡地问:

"她——她——看起来很可怕吗?"

"呃——恐怕会让你震惊。"他把自己的烟盒递过去,她感激地拿了一支。

"你——你们想让我现在去看她吗?"

"那再好不过了,特纳小姐。你知道,确认之前最好不要问你太多问题。尽快结束这一切,你认为呢?"

"好的。"

他们驱车前往殡仪馆。

乔西很快就出来了,她的脸色很难看。

"是的,确实是鲁比。"她声音颤抖,"可怜的孩子!天哪,我觉得很难受。有没有……"她急切地打量着周围——"杜松子酒?"

没有杜松子酒,但是有白兰地。特纳小姐咽下几口,恢复了镇定。她坦率地说:

"看到这种情形实在太震惊了,是不是?可怜的小鲁比!那些男人都是猪猡。"

"你认为是个男人干的?"

乔西有些吃惊。

"不是吗?哦,我的意思是——我理所当然会认为——"

"你想到某个男人了吗?"

她用力摇了摇头。

"不——没有。我什么都不知道。鲁比不会让我知道的,如果——"

"如果什么?"

乔西犹豫着。

"嗯——如果她——和什么人约会了。"

梅尔切特用敏锐的目光扫了她一眼，不过直到回了办公室后才开口：

"特纳小姐，我想你得把所有的信息都告诉我。"

"当然。从哪儿说起呢？"

"我想知道这个女孩的全名和住址，她和你的关系，以及你知道的关于她的所有事情。"

约瑟芬·特纳点点头。梅尔切特更加确定她并不非常忧伤。她震惊、苦恼，但仅此而已。她说话很快。

"她叫鲁比·基恩——这是她工作时用的名字，真名是罗西·莱格。她母亲和我母亲是表姐妹。我从小就认识她，但不太了解，希望你明白我的意思。我有很多表亲——有的做生意，有的从事表演。鲁比受过一些舞蹈方面的训练。去年她做了很多舞剧方面的工作。层次不高，但的确是相当不错的当地公司。之后，她在伦敦南部布里格斯韦尔的王宫舞厅伴舞。那是一家正经舞厅，把这些女孩照顾得不错，但没多少收入。"她停了下来。

梅尔切特上校点点头。

"现在说说我吧。我在丹尼茅斯的堂皇酒店做了三年的舞者和桥牌女招待。这份工作很好，薪水高，做得愉快。我负责招呼客人——取决于他们的需要——有的人不喜欢打扰，有的人很孤独、想找事做。你要把合适的人组织起来玩桥牌，让年轻人一起跳舞，等等。这需要一点儿机智和经验。"

梅尔切特又点了点头。他相信眼前这个女人工作起来一定游刃有余；她让人觉得亲切而友好，梅尔切特还发现她很精明。

"此外，"乔西继续说，"我和雷蒙德每晚表演几场舞蹈。雷蒙德·斯塔尔——他对网球和舞蹈很在行。哦，是这样，今年夏天我游泳时不小心在岩石上滑了一跤，脚踝严重扭伤。"

梅尔切特已经注意到她走路有点儿跛。

"所以我暂时不能跳舞了，情况很棘手。我不想让酒店找人取代我。这一行总有风险——"忽然，她温和的蓝眼睛变得凌厉起来，她是一个为了生存而奋斗的女性——"你知道，那很可能毁掉你的前程。所以我想到了鲁比，向经理推荐她。我继续做接待和组织桥牌的工作。鲁比只需要跳舞。我想把事情控制在自家人范围内，你明白我的意思吗？"

梅尔切特说他明白。

"他们同意了，我给鲁比打了电话。这对她来说是个机会，比她之前的任何一份工作都好。这大概是一个月前的事。"

梅尔切特上校说：

"我知道了。她干得不错吧？"

"哦，是的。"乔西漫不经心地说，"确实不错。她不如我跳得好，但是雷蒙德很聪明，把一切都安排妥当，而且她很漂亮——身材苗条，漂亮的娃娃脸。就是妆化得有点儿过头——我一直在提醒她。可你知道女孩是怎么回事，她只有十八岁，这个年龄的女孩都化妆，而且妆总是过于厚重。在像堂皇酒店这种档次的地方，这样做很不得体。我向她指出过很多次，要求她把妆化得淡一些。"

梅尔切特问："人们喜欢她吗？"

"哦，是的。对了，鲁比很少加演。她有点儿木讷，和年轻人相比，年纪大的人更喜欢她。"

"她有什么特别的朋友吗？"

眼前这个女孩心领神会地看着他。

"没有你指的那种，或者说，据我所知没有。不过，你知道，她不可能告诉我的。"

梅尔切特一时不明白这究竟是为什么——乔西给人的感觉不像是一个严格遵守纪律的人。但他只是说:"现在请你说说最后一次见到你表妹时的情形。"

"昨天晚上,她和雷蒙德有两场舞蹈表演——一场在十点半,另一场在午夜。他们跳了第一场之后,我看到鲁比和酒店的一个年轻男客人一起跳舞。当时我和几个客人在休息室里玩桥牌。休息室和舞厅之间隔着一道玻璃墙。那是我最后一次看见她。午夜刚过,雷蒙德急匆匆地来了,问鲁比在哪里,该上场了,她还没出现。我可以告诉你,当时我气坏了。女孩子就会做这种傻事,最后惹得经理发火,把她开除。我和他一起上楼去她的房间,但她不在那儿。我发现她换了衣服。她平时跳舞穿的那条裙子——那种粉红色的大摆蓬蓬裙——搭在椅子上。她总是穿这条裙子,除了特别的跳舞之夜,那是星期三。

"我不知道她去哪儿了。我们让乐队又演奏了一曲狐步舞,可鲁比还是没来,所以我告诉雷蒙德,说我和他上场表演。我们选了一首对我的脚踝来说比较容易的舞曲,还缩短了时间,但就算这样我的脚踝也受不了,今天早上全肿了。鲁比还是没回来。我们坐着等到两点。我对她非常生气。"

她的声音微微颤抖。梅尔切特知道她是真的很生气。一时间,他觉得她对此事的反应过于激烈。他觉得对方在有意隐瞒什么,说:

"今天早上你发现鲁比·基恩还没回来,她的床也没人睡过,你就报警了?"

从斯莱克在丹尼茅斯打来的简短电话中,他知道情况并非如此。但是他想听听约瑟芬·特纳怎么说。

她一刻也没迟疑,说:"不,我没有。"

"为什么没有呢,特纳小姐?"

她坦诚地看着他,说:

"如果你处在我的位置,你也不会的。"

"你这样认为吗?"

乔西说:

"我必须考虑我的工作。酒店最不愿看到的就是丑闻——特别是会招来警察的事。我当时以为鲁比不会怎么样。完全不可能!我想她是为了某个年轻人犯了蠢。我想她会平安回来的——还打算等她回来后教训她一顿!十八岁的女孩真是太蠢了。"

梅尔切特假装浏览笔记。

"哦,对,这里说是一位杰弗逊先生报了警。他是住在酒店的客人吗?"

约瑟芬·特纳马上回答:

"是的。"

梅尔切特上校问:

"为什么会是杰弗逊先生报了警?"

乔西摆弄着袖口,显得局促不安。梅尔切特上校的那种感觉再次出现了——她有事隐瞒。她满脸不高兴地说:

"他是个伤残人士。他——他非常容易激动。我是说,因为他的伤。"

梅尔切特没有追问下去,而是说:

"你最后一次看到你表妹时,和她跳舞的那个年轻人是谁?"

"他名叫巴特列特。住进酒店大约十天了。"

"他们的关系很好吗?"

"没什么特别的,我认为。据我所知是这样。"

她的声音里又出现了一丝奇怪的愤怒。

"他是怎么说的?"

"他说跳舞之后,鲁比上楼去给鼻子补粉。"

"她就是那时换了衣服?"

"我想是的。"

"那是你知道的最后一件事?之后她就——"

"消失了。"乔西说,"就是这样。"

"基恩小姐认识圣玛丽米德的什么人吗?或那附近的什么人?"

"我不知道,也许有吧。丹尼茅斯堂皇酒店有很多各地来的年轻人。除非他们碰巧提起,否则我根本不知道他们住在哪里。"

"你表妹向你提起过戈辛顿吗?"

"戈辛顿?"乔西的表情非常困惑。

"戈辛顿大宅。"

她摇摇头。

"从没听过。"她的语气非常确定,还有一丝好奇。

"戈辛顿大宅,"梅尔切特上校解释说,"是她的尸体被发现的地方。"

"戈辛顿大宅?"她瞪着眼睛,"真是太奇怪了!"

梅尔切特若有所思。"是奇怪!"他大声说:

"你认识班特里上校或班特里夫人吗?"

乔西又摇摇头。

"或者一位巴兹尔·布莱克先生?"

她微微皱眉。

"我觉得我听过这个名字。对,我肯定听过,但不记得任何有关他的事。"

勤快的斯莱克警督将一张从笔记本上撕下的纸递给上司。纸上用铅笔写着：

"班特里上校上星期在堂皇酒店吃过饭。"

梅尔切特抬头看着警督的眼睛。警察局局长的脸红了。斯莱克是一位勤勉热心的警官，梅尔切特非常不喜欢他。但他不能无视这种挑衅。警督正无声地指责他袒护自己的朋友——包庇所谓的同学情谊。

梅尔切特转向乔西。

"特纳小姐，如果你不介意，我想请你和我一起去戈辛顿大宅。"

梅尔切特冷冷地迎向斯莱克的目光，几乎没有理会乔西表示同意的低语声。

第四章

1

这是圣玛丽米德有史以来最令人兴奋的早晨。

韦瑟比小姐,一个长鼻子的刻薄老小姐,第一个开始传播那令人陶醉的消息。她拜访了邻居及好友哈特内尔家。

"亲爱的,请原谅我这么早就来了。不过,我想你也许还没听说这个新闻吧。"

"什么新闻?"哈特内尔小姐问。她嗓音低沉,经常不知疲倦地去探访周围的穷人,尽管他们不愿接受她的帮助。

"就是班特里上校的藏书室里发现了一具尸体——女人的尸体——"

"在班特里上校的藏书室里?"

"是的。太可怕了,不是吗。"

"他可怜的妻子啊!"哈特内尔小姐尽力掩饰她热切的快感。

"是啊，的确。我想她什么也不知道。"

哈特内尔小姐刻薄地评论道：

"她过于关注她的花园，对她丈夫关注得不够。你必须盯着男人——任何时候——任何时候。"哈特内尔小姐咬牙切齿地重复着。

"是呀，是呀。这真是太可怕了。"

"我想知道简·马普尔会怎么说。你觉得她会知道些什么吗？她对这种事总是很敏锐。"

"简·马普尔已经去过戈辛顿了。"

"什么？今天早上？"

"很早。早饭以前。"

"真的！我认为！哦，我是说，这样太过分了。我们都知道简喜欢打听——但我得说这次她太不体面了！"

"哦，可是，是班特里夫人请她去的。"

"班特里夫人请她去的？"

"呃，派了车来，是马斯韦尔开车去接的。"

"天哪！真是特别……"

她们沉默了一两分钟，努力消化这条新闻。

"是谁的尸体？"哈特内尔小姐问。

"你认识那个和巴兹尔·布莱克在一起的可怕女人吗？"

"那个把头发漂成金黄色的可怕女人？"哈特内尔小姐有点儿跟不上时代，她还没从双氧水漂染前进到染淡金黄色，"那个躺在花园里，几乎没穿衣服的女人？"

"是的，亲爱的。她躺在——壁炉前的地毯上——被勒死了！"

"你是说——在戈辛顿？"

韦瑟比小姐意味深长地点点头。

"那——班特里上校也——"

韦瑟比小姐又点了点头。

"哦!"

在这一刻的沉默中,两位妇人津津有味地享受着又一桩乡间丑闻。

"真是个邪恶的女人。"义愤填膺的哈特内尔小姐像高音喇叭似的喊出这句话。

"真是,真是放纵啊!我说。"

"还有班特里上校——那么一个善良而安静的人——"

韦瑟比小姐激动地说:

"那些沉默不语的人通常最坏。简·马普尔总这么说。"

2

普赖斯·里德雷夫人是最后听到这个消息的人之一。

她是一个富有而专横的寡妇,住在教区牧师寓所隔壁的大房子里。报信人是她的小女佣克拉拉。

"一个女人,克拉拉,你的意思是……被发现死在班特里上校家炉前的地毯上?"

"是的,夫人。而且,夫人,他们说她什么也没穿,光溜溜的!"

"够了,克拉拉。不要讲细节了。"

"是的,夫人。起初大家还以为是布莱克先生的年轻小姐——就是在布克先生的新房子里和他一起度周末的那个。可现在又说是另一个年轻小姐。卖鱼的伙计说他可不信像班特里上校这样在星期天传递捐款盘的人会出这样的事。"

"这个世界上有很多邪恶的事,克拉拉。"普赖斯·里德雷夫人说,

"这件事对你是个警告。"

"是的，夫人。只要屋里有男人，我妈妈就不让我留在屋里。"

"这就好，克拉拉。"普赖斯·里德雷夫人说。

3

普赖斯·里德雷夫人家和教区牧师寓所只隔着一步之遥。

普赖斯·里德雷夫人幸运地在牧师的书房里找到了他。

牧师是一位温和的中年人，不管什么消息，他总是最后一个听到。

"这真是太可怕了。"普赖斯·里德雷夫人来的时候走得太快，现在还有点儿气喘，"我觉得必须问你的意见，你对此事的看法，亲爱的牧师。"

克莱蒙特先生有些惊恐，他问：

"发生了什么事吗？"

"发生了什么事吗？"普赖斯·里德雷夫人夸张地重复着问题，"最可怕的丑闻！谁也不知道是怎么回事。一个放荡的女人，一丝不挂，被勒死在班特里上校家壁炉前的地毯上。"

牧师瞪大了眼睛，说：

"你——你还好吧？"

"不怪你无法相信！起初我也不信。多么虚伪的人啊！这么多年！"

"请告诉我到底是怎么回事。"

普赖斯·里德雷夫人立刻全面细致地讲述起来。她说完后，克莱蒙特先生温和地说：

"但是，没有任何事能表明班特里上校被牵扯进来了，是不是？"

"哦,亲爱的牧师,你真是太不谙世事了!但是,我必须告诉你一件事。上个星期四——或者是上上个星期四?呃,这不重要——我坐特价日的火车去伦敦,班特里上校和我在同一节车厢。他看上去——我认为——非常心不在焉,一路上都在埋头看《泰晤士报》,而且,不想说话。"

牧师心领神会地点点头,简直是面带同情。

"我在帕丁顿车站和他道别。他当时要帮我叫一辆出租车,不过我是要乘公共汽车去牛津街——但是,他自己乘了一辆出租车,我清楚地听见,他对司机说去——你认为是去哪里?"

克莱蒙特先生用询问的目光看着她。

"去圣约翰林地的某个地方!"

普赖斯·里德雷夫人胜利般地打住了话头。

牧师还是困惑不解。

"我想,这可以证明一切。"普赖斯·里德雷夫人说。

4

班特里夫人和马普尔小姐正坐在戈辛顿的客厅里。

"你知道,"班特里夫人说,"我真高兴他们把尸体抬走了。家里有具尸体实在感觉很糟糕。"

马普尔小姐点点头。

"我知道,亲爱的。我完全明白你的感受。"

"你不会明白的,"班特里夫人说,"除非你家也有一具尸体。我知道你家隔壁曾经有过一具,但那不一样,我只希望,"她接着说,"亚瑟不要从此讨厌那个藏书室。我们总是坐在那里。你在干什么,简?"

马普尔小姐瞥了一眼手表,准备起身。

"呃,我觉得我该回家了。如果你没有什么事需要我帮忙的话。"

"先别走。"班特里夫人说,"我知道,指纹专家、摄影师和大部分警察都走了,不过我觉得还会发生什么事,你不想错过吧?"

电话铃响了,班特里夫人过去接,回来时高兴得脸上放光。

"我说了还会发生什么事的。是梅尔切特上校,他要带那个可怜女孩的表姐一起过来。"

"来干什么呢?"马普尔小姐说。

"哦,我想是来看看现场之类的。"

"我觉得不仅是这样。"马普尔小姐说。

"你想说什么,简?"

"嗯,我想——恐怕——他想让她见见班特里上校。"

班特里夫人语气尖厉地说:

"看看她能不能认出他?我想——哦,没错,我想他们一定会怀疑亚瑟。"

"恐怕是这样。"

"就好像亚瑟和这件事有什么关系似的!"

马普尔小姐沉默不语。班特里夫人生气地转向她。

"别对我引用那个老将军亨德森的例子,或者哪个养情妇的可憎的老家伙,亚瑟不是那样的人。"

"不,不,当然不是。"

"他真的不是那种人。他只是——有时候——在来打网球的漂亮女孩面前表现得有点儿愚蠢。你知道——就是那种有点儿糊涂的、长辈般的,并没有恶意。他这样也不奇怪,"班特里夫人的结束语有些令人困惑不解,"毕竟,那是我的花园。"

马普尔小姐笑了。

"别担心,多莉。"她说。

"我是不想担心,可总还是会有点儿。亚瑟也是。这件事让他非常不安。警察在周围走来走去。他去农场了,不高兴的时候看看猪和别的东西能让他平静下来。看,他们来了。"

警察局局长的车停在外面。

梅尔切特上校和一位衣着得体的年轻女人走了进来。

"班特里夫人,这是特纳小姐,是——呃——受害人的表姐。"

"你好。"班特里夫人说着伸出了手,"这事对你来说一定非常可怕。"

约瑟芬·特纳坦率地说:"哦,是的。这一切似乎都不是真的,简直像一场噩梦。"

班特里夫人介绍了马普尔小姐。

梅尔切特随口问道:"你家的老好人在吗?"

"他去下面的一个农场了,应该很快就回来。"

"哦——"梅尔切特似乎有些不知所措。

班特里夫人对乔西说:"你想看看那个——出事的地方吗?还是宁愿不看?"

约瑟芬犹豫了一会儿,说:

"我想我愿意看一看。"

班特里夫人带她走进藏书室,马普尔小姐和梅尔切特跟在后面。

"她就在那儿,"班特里夫人一只手夸张地指着,"在炉前的地毯上。"

"哦!"乔西抖了一下。不过她似乎非常困惑,皱着眉头说:"我就是无法理解!完全不理解!"

"我们当然无法理解。"班特里夫人说。

乔西慢慢地说：

"这不是那种地方——"她的话没说完。

马普尔小姐轻轻地点点头，表示同意她没说完的话。

她咕哝着："正因为如此，这件事才变得非常有趣。"

"说吧，马普尔小姐，"梅尔切特上校极富幽默感地说，"你是不是有了一个解释？"

"哦，是的，我有一个解释。"马普尔小姐说，"一个非常合理的解释。但只是我自己的想法。汤米·邦德，"她继续说，"还有马丁夫人，我们新来的女教师。她给钟上弦的时候，一只青蛙跳了出来。"

约瑟芬·特纳表情非常困惑。大家都离开房间后，她低声问班特里夫人："这位老夫人的脑子是不是有点儿毛病？"

"完全没有。"班特里夫人愤怒地说。

乔西说："对不起。我还以为她觉得自己是只青蛙或别的什么。"

这时，班特里上校刚好从侧门进来。梅尔切特大声向他打招呼，在把他介绍给约瑟芬·特纳时特别留意了特纳的反应。但她没有表现出丝毫感兴趣或认出来的表情。梅尔切特松了一口气。该死的斯莱克，还含沙射影！

由于班特里夫人问起，乔西把鲁比·基恩失踪的事再次详细地说了一遍。

"你一定担心坏了，亲爱的。"班特里夫人说。

"事实上我更多的是生气。"乔西说，"你知道，我当时根本没意识到她出事了。"

"不过，"马普尔小姐说，"你还是报了警。这难道不——请原谅——为时过早了吗？"

乔西急切地说：

"哦，我没有，是杰弗逊先生——"

班特里夫人说："杰弗逊？"

"是的，他是个伤残人士。"

"不会是康韦·杰弗逊吧？我和他很熟，他是我们家的老朋友。亚瑟，听着——康韦·杰弗逊。他住在堂皇酒店，就是他报了警！这不是个巧合吗？"

约瑟芬，特纳说：

"杰弗逊先生去年夏天也来过这里。"

"真的！我们根本不知道。我很久没见过他了。"她转向乔西，"他——他现在怎么样？"

乔西考虑了一会儿。

"我想他很好，真的——相当好。我是说，他总是很开心——总有笑话讲。"

"他的亲人和他在一起吗？"

"你是说加斯克尔先生吗？还有小杰弗逊夫人和彼得？哦，是的。"

约瑟芬·特纳迷人而率真的外表下隐藏着什么。说到杰弗逊一家时，她的声音有些不自然。

班特里夫人说："他们两人都非常好，是吗？我是指年轻人。"

乔西犹豫不决地说：

"哦，是的——是的，他们确实很好。我——我们——是的，他们很好，真的。"

5

班特里夫人望着窗外正在远去的警察局局长的车，喃喃说道："她是什么意思？'他们很好，确实。'简，你不觉得这有点……"

马普尔小姐很快接过了话头。

"哦，是的——我的确觉得。绝不会有错！提到杰弗逊一家时，她的态度立刻变了。在此之前她一直显得很自然。"

"是啊，你觉得这是为什么，简？"

"哦，亲爱的，认识他们的你啊。正如你说的，我觉得这家人有什么事让这个年轻女人很不安。另外，你注意到了吗？当你问她是否因为那女孩失踪而感到担忧时，她说她更多的是生气！而且她看上去确实生气——真的很生气！这让我很感兴趣。你知道，我有种感觉——也许是错的——对于这个女孩的死，其实她最大的反应就是生气。我确定她不在乎这个女孩。她根本不难过。我非常确定，一想到那个叫鲁比·基恩的女孩，她就生气。有趣的问题是：为什么？"

"我们去查清楚！"班特里夫人说，"我们去丹尼茅斯，住进堂皇酒店——是的，简，你也去。这里发生了这些事，我需要换个环境。到堂皇酒店住几天——这就是我们需要的。你还会见到康韦·杰弗逊。他是一个亲切——完美的好人。那是你能想到的最悲伤的故事。他曾有一对非常惹人喜爱的儿女。他们都结了婚，不过还是有很多时间住在家里。他妻子也是个非常好的女人，他对她一片痴心。有一年，他们从法国搭飞机回家，结果发生了空难。飞行员、杰弗逊夫人、罗莎蒙德、弗兰克都遇难了。康韦双腿伤势过重，不得不截肢。他真了不起——那种勇气和精神！他曾经是一个非常活跃的人，现在成了一个无助的伤残人士，但他从不抱怨。他儿媳和他住在一起——和弗兰克·杰弗逊结婚之前,她是个寡妇,带着第一次婚姻留给她的儿子——彼得·卡莫迪。他们都和康韦住在一起。罗莎蒙德的丈夫马克·加斯克尔大部分时间也在那里。真是一场可怕的悲剧。"

"现在,"马普尔小姐说,"发生了另一场悲剧——"

班特里夫人说:"哦,是的——是的——但是和杰弗逊先生一家没有关系。"

"是吗?"马普尔小姐说,"是杰弗逊先生报了警。"

"是他报的警……哦,简,这确实很奇怪……"

第五章

1

梅尔切特上校正面对着一个气恼的酒店经理。在场的还有格伦郡警察局的哈珀警司,以及无处不在的斯莱克警督——他对警司刻意插手这个案子感到极为不满。

哈珀警司想要安慰快哭出来的普雷斯科特先生——梅尔切特上校则比较简单粗暴。

"人死不能复生,"他严厉地说,"那个女孩死了——被勒死了。你很走运,她不是在你的酒店里被勒死的。因此这件案子的调查工作在另一个郡,而且你的生意基本不会受到影响。不过,有些事情我们必须要问,而且越快越好。你应该相信我们能办得周到而巧妙。所以,我建议你不要拐弯抹角,告诉我们,你对这个女孩都知道些什么?"

"我不知道她的事——什么都不知道。是乔西带她来的。"

"乔西在这儿有段时间了吗?"

"两年——不,三年。"

"你喜欢她?"

"是的,乔西是个好女孩——相当不错。很有能力。她负责接待,让人们和睦相处——你知道,桥牌是一种很难对付的游戏——"梅尔切特上校颇有同感,点了点头。他的妻子就非常喜欢桥牌,不过牌技很差。普雷斯科特先生继续说:"乔西善于处理矛盾。她跟各种人都相处得很好——聪明而果断,如果你知道我在说什么。"

梅尔切特再次点头。现在他知道约瑟芬·特纳小姐让他想起了什么。尽管她化了妆,穿着也很得体,但她有着明显的保育员的气质。

"我很依赖她。"普雷斯科特先生继续说,他的态度开始变得恼怒而委屈,"她为什么会蠢得跑到湿滑的岩石上去玩?我们有很美的海滩,她为什么不到海里去游泳?滑倒扭伤了脚踝,这对我太不公平了!我给她工资是让她来跳舞、打桥牌、让客人们高兴——不是让她去游泳、在岩石上扭伤踝骨的。舞蹈演员应该对他们的踝骨特别小心——不应该冒险。那件事让我很生气。这对酒店很不公平。"

梅尔切特打断了他的独白。

"然后她就推荐这个女孩——她的表妹——来顶替她?"

普雷斯科特勉强表示认可。

"是的。这个办法听起来不错。你知道,我不用再支付一份报酬。那女孩可以留下,至于工资,则是她和乔西之间的事。就是这么安排的,我对那个女孩一无所知。"

"结果她干得不错?"

"哦,是的,她没出什么差错——起码看起来是这样。当然,她很年轻——也许对于我们这种地方来说她还不够格,但她很规矩——安静、举止文雅。舞跳得好。大家也喜欢她。"

"漂亮吗？"

从那青肿的脸上很难找到这个问题的答案。

普雷斯科特考虑了一下。

"介于漂亮到普通之间。有点儿瘦，不知道你是否明白我的意思。不化妆就非常平凡。所以她努力让自己看上去更有魅力。"

"她身边有许多年轻男人吗？"

"我明白你的意思，先生。"普雷斯科特兴奋起来，"我什么都没看见，没什么特别的。会有一两个年轻人围着她——但那也很正常，跟勒死的事毫无关系。她和年长的人也相处得很好——她是个天真无邪的姑娘——像个孩子，你明白吗？这让他们很开心。"

哈珀警司的嗓音很低沉：

"比如说，杰弗逊先生？"

经理表示同意。

"是的，杰弗逊先生是我想到的人之一。她总和他还有他的家人坐在一起。他有时还带着她出去兜风。杰弗逊先生很喜欢年轻人，待他们也很好。我不想产生任何误会。杰弗逊先生是残疾人士，他能去的地方不多——仅仅是他的轮椅能去的地方。但他很喜欢看年轻人玩——打网球、游泳等等——还在这里给年轻人开派对。他喜欢年轻人——这里没有什么关于他的风言风语。他是一位受人欢迎的绅士，我得说，他是一个非常好的人。"

梅尔切特问：

"所以，他对鲁比·基恩有兴趣？"

"跟她谈话让他觉得有趣，我想。"

"他的家人和他一样喜欢她吗？"

"他们都对她很好。"

哈珀说：

"他向警方报案说她失踪了？"

他刻意强调了这句话的重要性和指责的语气，经理立刻作出反应。

"哈珀先生，请你设身处地地想想。我做梦也没想到会有什么不对。杰弗逊先生来到我的办公室，气势汹汹，不肯罢休。那女孩没在她房间里睡觉。昨晚的表演也没出现。她一定是出去兜风，出了车祸。应该马上通知警方！进行调查！他焦躁不安，专横霸道，当场就打了报警电话。"

"没问过特纳小姐？"

"乔西不想这样做，我看得出来。她对整件事都非常恼火——我的意思是她生鲁比的气。不过她能说什么呢？"

"我看，"梅尔切特说，"我们最好去见见杰弗逊先生。你说呢，哈珀？"

哈珀警司同意了。

2

普雷斯科特先生陪他们上楼去康韦·杰弗逊的套房。房间在二层，从这里能俯瞰大海。梅尔切特随口说：

"他过得不错，是吧？有钱人？"

"我想他确实很富有。他花钱很大方，订最好的房间，按菜单点菜，昂贵的葡萄酒——什么都是最好的。"

梅尔切特点点头。

普雷斯科特先生敲了门，里面传来一个女人的声音："请进。"

经理走进门，其他人跟在他后面。

普雷斯科特先生带着歉意对靠窗坐着的女人说：

"抱歉打扰你，杰弗逊夫人，这几位先生是——警察局的。他们迫切地想和杰弗逊先生谈一谈。呃——这是梅尔切特上校——哈珀警司，警督——呃——斯莱克——这是杰弗逊夫人。"

杰弗逊夫人对经理介绍的人一一点头。

一个普通女人——梅尔切特对她的第一印象。接着，她嘴边浮现出一抹微笑，开口说话，于是他改变了看法。她的声音极富感染力和魅力，淡褐色的眼睛清澈明亮，非常美丽。她衣着普通，但很得体。他判断她大概三十五岁。

她说：

"我公公正在睡觉。他身体不好，这件事对他打击很大。我们不得不请了医生。医生给他用了镇静剂。我想他一醒来就会见你们的。我能帮上什么忙吗？请坐吧。"

普雷斯科特先生急着离开，便对梅尔切特上校说："那么——我能做的就是这些吗？"在征得允许后，他感激不尽地走了出去。

随着房门在他身后关上，屋内的气氛变得轻松而更适于社交。艾黛莱德·杰弗逊能让气氛变得悠闲宁静。她是这样一个女人，从不发表惊人之语，却能让别人放松并侃侃而谈。这时，她以恰到好处的方式说：

"这件事让我们都很震惊。我们经常见到这个可怜的女孩。真是让人无法相信。我公公非常难过。他很喜欢鲁比。"

梅尔切特说：

"据我所知，是杰弗逊先生向警方报告了她的失踪？"

他想看她听了会有什么反应。有一点儿——仅仅是一点儿——恼火？担忧？他无法确切地说出来，但的确有什么，而且在他看来，她显然在强打精神,似乎要处理一件令人不快的事务。

她说:

"是的,是这样。他身有伤残,很容易不安和担忧。我们尽量说服他一切都好,那女孩肯定是有什么事情,而且她肯定不想让警方知道。可是他坚持要这样做。呃,"她轻轻打了一个手势——"结果他是对的,我们错了。"

梅尔切特问:"杰弗逊夫人,你对鲁比·基恩到底了解多少?"

她想了一下。

"这不好说。我公公很喜欢年轻人,喜欢有他们围绕在身边。在他看来,鲁比是一种完全不同类型的人——她没完没了的闲扯让他觉得有趣。她经常和我们一起坐在酒店里,我公公还带她出去兜风。"

她的语气表明她不想对此表态。梅尔切特想:"其实她知道得比这个更多。"

他说:"关于昨晚发生的事,你能就你所知道的讲一下吗?"

"当然,不过有用的信息很少。晚饭后,鲁比到休息厅来,和我们坐在一起。舞蹈表演开始后她也没有离开。我们打算稍后打桥牌,不过还在等马克,就是马克·加斯克尔,我的妹夫——他娶了杰弗逊先生的女儿——他有些重要的信要写。我们还要等乔西,她是我们桌上的第四个人。"

"经常这样安排吗?"

"是的。乔西是一流的桥牌手,当然她人也很好。我公公很喜欢玩桥牌,只要有可能他就会找乔西而不是别人来做第四个牌友。自然,她要给大家都安排好四个人,不能总和我们一起玩,不过只要可能,她总会和我们一起,再说,"她眼睛里流露出笑意——"我公公在这家酒店花了不少钱,所以经理很愿意让乔西来讨好我们。"

梅尔切特问：

"你喜欢乔西吗？"

"是的。她很幽默，总是很快活，做事努力而且似乎很享受自己的工作。虽然没有受过很好的教育，但她很精明，而且——从来不装腔作势。她很自然，毫不矫揉造作。"

"请继续说，杰弗逊夫人。"

"就像我说的，乔西要安排四人一组打桥牌，马克在写信。于是鲁比和我们坐在一起多聊了一会儿。后来乔西过来了，鲁比就去和雷蒙德做第一场舞蹈表演。雷蒙德是个职业舞蹈家和网球手。鲁比跳完回来时马克刚刚加入我们。然后她就去和一个年轻人跳舞了，我们四个开始打桥牌。"

她停了下来，做了一个无奈的手势。

"我知道的就这么多！她跳舞的时候我只瞥了她一眼，玩桥牌需要注意力集中，我几乎没看舞厅的玻璃隔断。午夜时，雷蒙德神情不安地来找乔西，问鲁比在哪里。当然，乔西想让他闭嘴，可是——"

哈珀警司打断了她，用平静的声音问："为什么说'当然'，杰弗逊夫人？"

"呃，"她犹豫了一下，梅尔切特觉得她有点儿不安——"乔西不想为了女孩没出现的事小题大做。从某个方面说，她觉得自己对那个女孩有责任。她说鲁比可能在楼上卧室里，还说那女孩之前说过头疼——顺便说一句，我觉得这不是真的，乔西只不过是替她找个借口。雷蒙德给鲁比的房间打电话，但显然没人接，因为他回来的时候情绪很不稳定。乔西和他一起离开，想要抚慰他的情绪，最后她替鲁比上了场。她真是勇气可嘉，因为跳完后她的脚显然疼得很厉害。之后她又回来安慰杰弗逊先生。当时他很激动。我们好不容易才说服他上床休息,告诉他鲁比可能坐车出去兜风了,也许车胎破了。他忧心忡忡地上了床。今天一早又紧张不安。"她沉默了一会儿,"之后的事你们都知道了。"

"谢谢你,杰弗逊夫人。现在我想问问,你觉得这件事可能是谁干的?"

她立刻回答:"完全不知道。恐怕我根本帮不上忙。"

梅尔切特没有放弃。"那女孩什么都没说过?没说过嫉妒的事?没提过她害怕某个男人?或她和某个男人比较……"

艾黛莱德·杰弗逊对每一个问题的回答都是摇头。

似乎她再也没有什么可以告诉他们了。

警司提议去见小乔治·巴特列特,再回来找杰弗逊先生。梅尔切特上校表示同意,三人便走了出去,杰弗逊夫人保证说杰弗逊先生一起床就通知他们。

身后的门关上了,上校说:"一个好女人。"

哈珀警司说:"是啊,一位非常好的女士。"

3

乔治·巴特列特是个瘦得皮包骨的年轻人,喉结突出,语言表达非常不清楚。他浑身发抖,连一句连贯的话都说不出来。

"我说,这真是太可怕了,对不对?正像星期天的报纸上刊登的新闻——你总觉得这不可能真的发生了,不是吗?"

"不幸的是,这确实发生了,巴特列特先生。"警司说。

"是的,是的,确实如此。可这真是古怪。离这儿好几英里,而且——在一幢乡下的房子里,是不是?可怕的郡之类的地方。在周围引起一阵骚动——嗯?"

梅尔切特上校接过话头。

"巴特列特先生,你跟那个被害的女孩有多熟悉?"

乔治·巴特列特似乎吓了一跳。

"哦,不,不,不熟,先,先,先生,根本不熟,如果你明白我的意思。只和她跳过一两次舞——打发时间——打打网球——你知道。"

"我想,你是昨晚最后一个见到她活着的人?"

"我想是的——听起来真可怕,不是吗?我的意思是,我看见她的时候她还好好的——安然无恙。"

"那是几点钟,巴特列特先生?"

"哦,你知道,我没有时间概念——不是很晚,如果你明白我的意思。"

"你和她跳舞了?"

"是的——事实是——哦,是,我跳舞了。不过是昨晚早些时候。确切地说,就在她和那个职业舞者表演之后。一定是十点、十点半、十一点,我不知道。"

"别管时间了。我们能查出来。请告诉我们到底发生了什么事。"

"呃,我们跳舞,你不是说了吗,我跳得不怎么样。"

"你跳得怎么样根本没关系,巴特列特先生。"

乔治·巴特列特警觉地看了一眼上校,结结巴巴地说:

"不——哦——不——不——不,我想确实不重要。我说过了,我们跳舞,一圈又一圈,我同时还说了话,但鲁比没说几句,她打了几个哈欠。我说过我跳得不好,所以女孩们就想——呃——宁可休息一下,你明白我的意思。她说她头疼——我知道该结束了,于是立刻表示赞成。事情就这是这样。"

"你最后一次见到她时是什么情形?"

"她上楼了。"

"她没说过要见什么人?或者出去兜风?或者——或者——有约会?"上校不习惯使用口语词汇。

巴特列特摇摇头。

"没告诉我。"他看起来很沮丧,"只是把我打发走了。"

"她的态度如何?有没有看起来很焦虑、烦躁、心里有事?"

乔治·巴特列特想了一会儿,摇摇头。

"好像有点儿不耐烦,打了哈欠,我说过了,没别的了。"

梅尔切特上校说:

"你都做什么了,巴特列特先生?"

"嗯?"

"和鲁比·基恩分开后,你又做了什么?"

乔治·巴特列特瞪着他。

"我想想——我做了什么?"

"我们在等你告诉我们。"

"是的,是的——当然。回忆起来并不容易,对不对?让我想想。如果说我去酒吧喝了一杯应该不奇怪。"

"你进酒吧喝酒了吗?"

"是的,我确实喝了,不过又似乎不是那个时候。我记得我出去过,你们知道吗?出去呼吸新鲜空气。已经九月了还这么闷热,但是外面很舒服。是的,没错。我在外面转了一圈,然后进来喝了一杯,又回了舞厅。没什么可做的。我注意到——她叫什么来着——乔西——又开始跳舞了,和那个打网球的家伙。她一直生病——脚踝受伤或者是别的什么。"

"这说明你是午夜回来的。你是想说你在外面闲逛了一个多小时?"

"哦,我喝了一杯,你知道。我在——在想事情。"

这句话比任何一句的可信程度都要高。

梅尔切特上校突然发问:

"你在想什么?"

"哦,我不知道。就是一些事情。"巴特列特先生含糊其辞。

"巴特列特先生,你有车吗?"

"哦,是的,我有辆车。"

"停在哪里?酒店停车场?"

"不,在院子里,我有时会出去兜风。"

"也许你确实出去兜风了?"

"不——不,没有。我发誓没有。"

"你没有——比如说——带基恩小姐出去兜风?"

"哦,我说,你这是什么意思?我没有——我发誓没有。真的没有。"

"谢谢你,巴特列特先生。我看目前没什么要问了。目前。"梅尔切特上校刻意强调了这个词。

巴特列特先生望着他们离开,木讷的脸上露出惊恐的滑稽表情。

"一头小蠢驴,"梅尔切特上校说,"也许不是他?"

哈珀警司摇摇头。

"还有很长的路要走呢。"他说。

第六章

1

夜班行李员和酒吧服务员都帮不上忙。夜班行李员记得他在午夜刚过时给基恩小姐的房间打了电话，不过无人接听。他没注意到巴特列特先生曾经离开过或是回酒店。那晚天气很好，很多先生女士进进出出。除了大厅的正门之外，过道两端都有侧门。他很确定基恩小姐没从正门出去，但在她位于二层的房间旁边就有一段楼梯，在走廊尽头有一扇门通向侧面的阳台。她可以从这扇门随意出入而不被发现。这扇门直到舞会结束后，也就是两点钟，才会关闭。

酒吧服务员记得巴特列特先生前一天晚上来过，但记不清时间，应该是午夜时分。他记得巴特列特先生坐在墙边，情绪低落，不过不知道他在那儿待了多久。当时还有许多不在酒店住宿的客人进出酒吧。他注意到了巴特列特先生，但说不清确切的时间。

2

他们离开酒吧,遇到了一个大约九岁的小男孩,他兴奋地滔滔不绝。

"我说,你们是侦探吗?我叫彼得·卡莫迪,打电话把鲁比的事告诉警方的杰弗逊先生是我爷爷。你们是从苏格兰场来的?我可以和你们说话吧,可以吗?"

梅尔切特上校似乎想把他打发走,但哈珀警司挤进来,亲切地说:
"没问题,孩子。我想你对此很感兴趣,对吗?"

"太对了。你喜欢侦探小说吗?我喜欢。我全读过,我还有多萝西·塞耶斯、阿加莎·克里斯蒂、迪克森·卡尔和H.C.贝利的亲笔签名。这起谋杀案会上报纸吗?"

"是的,会上报纸的。"哈珀警司严肃地说。

"你看,我下星期就要回学校了。我要把知道的关于她的一切都告诉他们——我真的很了解她。"

"你觉得她怎么样,嗯?"

彼得想了想。

"呃,我不太喜欢她。我觉得她是那种愚蠢的女孩。妈妈和马克叔叔也不太喜欢她。只有爷爷。对啦,爷爷想见你们,爱德华兹在找你们。"

哈珀警司鼓励般的小声嘀咕着:
"你妈妈和你叔叔都不太喜欢鲁比·基恩?为什么呢?"

"哦,我不知道。她什么事都爱掺和。他们也不喜欢爷爷总为了她而紧张,我想,"彼得高兴地说,"她死了他们一定很高兴。"

哈珀警司若有所思地看着他。他说:

"你听见他们——呃——这么说了？"

"呃，不全是。马克叔叔说：'好，不管怎么说，总是条出路。'妈妈说：'是啊，但是真的很可怕。'马克叔叔还说假装伤心没什么好处。"

警察先生们互相递了一个眼色。这时，一个胡子刮得很干净、身穿蓝色哔叽呢套装的体面男人向他们走来。

"打扰了，先生们。我是杰弗逊先生的贴身男仆。他醒了，让我来找你们。他想立刻见到你们。"

他们回到了康韦·杰弗逊的套间。艾黛莱德·杰弗逊正在客厅里和一个身材高大的男人说话，那人紧张不安地在房间里踱来踱去，又猛然转过身面向来客。

"哦，好，很高兴你们来了。我岳父一直要见你们。他醒了。你们能不能尽量让他保持平静？他身体不太好。这件事带来的打击没让他倒下，简直是个奇迹。"

哈珀说："我没想到他的健康状况如此糟糕。"

"他自己也不知道。"马克·加斯克尔说，"是他的心脏。医生曾警告过艾迪，不能让他太兴奋或受到惊吓。这或多或少是在暗示死亡随时有可能降临，是不是，艾迪？"

杰弗逊夫人点头说：

"很难相信他还能保持现在的状态。"

梅尔切特干巴巴地说：

"谋杀案实在不是能让人镇定的事。我们会尽量注意的。"

他说话时打量着马克·加斯克尔。他不太喜欢这个家伙——一张无礼而狂妄的、鹰一般的脸，是那种我行我素、受女人追捧的男人。

"但不是我会信任的人。"梅尔切特上校暗忖。

狂妄——对,就是这个词。

对什么事都不会持之以恒的家伙……

3

在可以俯瞰大海的大卧室里,康韦·杰弗逊坐在窗边的轮椅上。

一走进房间,你就能发觉这个男人的力量和吸引力。让他致残的伤痛仿佛只是把他的所有活力压缩到了残破的身体里,使之更加强烈。

他的头发很漂亮,红色夹杂着灰白。长年日晒的脸粗犷而充满了力量,眼睛的颜色是让人吃惊的蓝色。在他身上找不到任何病痛和虚弱。他是一个勇敢面对命运而不是向它低头的人。

他说:"很高兴你们来了。"同时迅速扫了他们一眼,然后对梅尔切特说,"你是拉德福郡的警察局局长吧?没错。你是哈珀警司?请坐。香烟就在你们身边的桌子上。"

他们谢过他,坐下。梅尔切特说:

"杰弗逊先生,我听说你对那个死去的女孩很感兴趣?"

一丝扭曲的笑意从那张布满皱纹的脸上闪过。

"是的——他们一定都告诉你们了!这不是个秘密。我的家人对你们说了多少?"

他提问时迅速把目光从他们中的一个移到另一个人身上。

回答问题的是梅尔切特。

"杰弗逊夫人只说那女孩说话让你觉得有趣,她总是受到保护,除此之外什么都没说。至于加斯克尔先生,我们只和他说了几句话。"

康韦·杰弗逊笑了。

"艾迪很谨慎,上帝保佑她。马克说话可能比较直。梅尔切特,有些事我想最好还是详细地跟你们说一说。这很重要,你们可以由此了解我的态度。首先,应该回顾一下我生命里的重大悲剧。八年前,我在一次空难中失去了妻子、儿子和女儿。从那以后,我就像失去了半个自己——我指的不是身体上的残疾!我是一个很重家庭的人。我的儿媳和女婿对我一直很好,竭尽全力让我觉得他们是我的亲生孩子。但是我发觉——特别是最近——他们毕竟有他们自己的生活。

"所以你们必须理解,基本上,我是一个孤独的人。我喜欢年轻人,享受和他们在一起。有一两次我起了收养一个女孩或男孩的念头。最近一个月,我和这个被杀害的孩子相处得非常愉快。她非常真实——非常天真。她总是谈论自己的生活和经历——童话剧、巡回演出公司、儿时和父母住在廉价的出租屋里。一种和我所知道的完全不同的生活!她从不抱怨,从不觉得辛苦工作是件丢人的事。一个真实、不怨天尤人、非常努力的孩子,没有被宠坏,很讨人喜欢。也许不是个淑女,不过,感谢上帝,她并不粗俗,也不——不客气地说——'装得像淑女一样'。

"我越来越喜欢鲁比。先生们,我决定通过法律程序收养她。她将在法律上成为我的女儿。我希望这能解释我对她的关心以及在听到她无故失踪后所采取的行动。"

一阵沉默之后,哈珀警司以不掺杂个人情绪也不会冒犯任何人的语气问:"我想问一下,你女婿和儿媳对此事的看法如何?"

杰弗逊立刻回答:

"他们有什么好说的呢?他们,呃,也许不太喜欢这个主意。这类事会引起一些偏见。不过他们表现得很得体——是的,很得体。你知道,他们并不依赖我。我儿子弗兰克结婚时,我把一半的财产分给了他。我认为,不要等你死了之后才让你的孩子继承财产。他们年轻时需要钱，而不是等到中年才要。我女儿罗莎蒙德坚持嫁给一个穷光蛋，我同样给了她一大笔钱。她死后这笔钱转给了她丈夫。所以，你看，这件事从财产角度来说是很简单的。"

"我明白了，杰弗逊先生。"哈珀警司说。

但他的语气中似乎多少有点儿保留。康韦·杰弗逊立即发觉了。

"但是你不同意，是吗？"

"这不该由我发表意见，先生。不过以我的经验看，家人并不总是通情达理。"

"我知道你是对的，警司。但是你必须记住，严格地说，加斯克尔先生和杰弗逊夫人不是我的家人。他们和我没有血缘关系。"

"当然，这样一来是有很大区别。"警司承认。

康韦·杰弗逊眨了眨眼。他说："但这并不表示他们不把我当成一个老傻瓜！一般人通常都是这种反应。但我不傻。我很会看人。只要受到一些教育和指点，鲁比·基恩在任何地方都会有一席之地。"

梅尔切特说：

"我知道我们太鲁莽，问得太多了，不过，我们必须弄清楚所有的事实。你打算为这个女孩提供一切——就是说，在她身上花钱，不过你还没开始这样做，是吗？"

杰弗逊说：

"我明白你想说什么，你的意思是：这女孩的死是否会让某人受益？没有。正式收养的法律手续正在办理之中，还没有完成。"

梅尔切特慢慢地说：

"那么，如果你发生了什么意外——"

他还没问完，康韦·杰弗逊就说：

"我不可能发生什么意外——我是瘸了，但不是废人。尽管医生常常严肃地告诫我不要太劳累。不要太劳累！我壮得像一匹马！是啊，我知道生命的脆弱——天哪，我当然知道！死亡会突然降临到最健壮的人身上——特别是目前的公路交通事故。但我已经准备好了。十天前我立了一份新遗嘱。"

"是吗？"哈珀警司忙凑过身子。

"我为鲁比·基恩留下了总数为五万英镑的托管基金，等她年满二十五岁就能支取，等她有了自主能力的时候。"

哈珀警司瞪大了眼睛，梅尔切特上校也一样。哈珀的语气简直像是受到了惊吓，他说：

"那是很大一笔钱，杰弗逊先生。"

"目前来说，是的。"

"而你把它留给一个刚认识几个星期的女孩？"

杰弗逊先生灵动的蓝眼睛里冒出怒火。

"非要我把同样的话重复一遍又一遍吗？我没有自己的亲骨肉——没有侄子或侄女，甚至远房表亲！我也可以把这些钱留给慈善机构。可是我更愿意把它留给某个人。"他笑了，"灰姑娘一夜之间成了公主！不是一位仙母，而是仙父。有什么不可以呢？这是我的钱。是我赚来的。"

梅尔切特上校问："还有别的遗赠吗？"

"一小笔钱给我的贴身男仆爱德华兹——剩下的平均分给马克和艾迪。"

"是——请原谅——剩下的那笔是很多钱吗？"

"应该不多。很难说得很确切，因为投资总在波动。除去遗产税和其他费用，大约净剩五千至一万英镑。"

"我明白了。"

"你们不应该认为我对他们不够公正。我说过,孩子们结婚时我已经把财产分给了他们。实际上,我只给自己留下很少的钱。不过,在——那场悲剧之后——我希望能有事情填满我的脑子,于是便投身商界。在我伦敦住处的卧室里有一条通到我办公室的私人专线。我努力工作,这让我不去想,让我觉得我的——我的伤残没把我击垮。我全心投入工作,"他的声音变得低沉,更像是在对自己而不是对别人讲述——"后来,真是无法言喻的讽刺,我做什么都成功了!最冒险的投机成功了,连赌博都会赢。我简直是点石成金。我想命运大概是用这种讽刺来维持平衡。"

饱经沧桑的痕迹再次在他脸上显露出来。

他稳定了一下情绪,对他们露出苦笑。

"所以,你们看,那笔留给鲁比的钱没有什么讨论的余地,就应该按照我的美妙想象去办。"

梅尔切特立刻说:

"不可置疑,亲爱的伙计,我们对此没有过一刻的怀疑。"

康韦·杰弗逊说:"很好。如果可以,现在我想问几个问题。我想知道——更多有关这起可怕事件的情况。我只知道她——那个小鲁比——被发现勒死在一幢二十英里以外的房子里。"

"是的。在戈辛顿大宅。"

杰弗逊皱起眉头。

"戈辛顿?但是,那是——"

"班特里上校的房子。"

"班特里!亚瑟·班特里?可我认识他。认识他和他妻子!几年前在国外见到了他们。我没想到他们住在这个地区。为什么,这——"

他沉默了。哈珀警司抓住机会插进来说:

"上个星期二,班特里上校来这家酒店吃饭。你没看见他?"

"星期二?没有。那天我们回来得很晚——去了哈登角,回来的路上还吃了晚饭。"

梅尔切特说:

"鲁比·基恩从没对你提起过班特里一家?"

杰弗逊摇摇头。

"从来没有。我认为她不认识他们,肯定不认识。她只认识从事戏剧之类行业的人。"他停下来,突然问道:

"班特里对此事是怎么说的?"

"他什么也说不出来。他昨晚去参加保守党的会议。尸体今天早上才发现。他说他这辈子从来没见过那个女孩。"

杰弗逊点点头,说:

"真是件怪事。"

哈珀警司清了清嗓子,说:

"你有任何猜测吗?先生,这有可能是谁干的呢?"

"天哪,我希望我知道!"他额头上的血管突起,"实在令人难以置信,无法想象!如果不是已经发生了,我会说这根本不可能!"

"她有没有朋友——过去认识的——身边有没有男人——威胁她?"

"我可以肯定没有。如果有,她一定会告诉我。她从没有过固定的'男朋友'。她亲口这样对我说过。"

哈珀警司想:

"是的,我相信她是亲口对你说的!不过这只是一种可能!"

康韦·杰弗逊继续说:

"如果鲁比身边真的有什么男人纠缠她,乔西一定比谁都更清楚。

她帮不上忙吗?"

"她说她不知道。"

杰弗逊皱着眉说：

"我总认为这一定是个疯子干的——手段残忍——闯入一幢乡间的房子——所有的事都毫无关系，不合常理。有这样的男人，外表看起来很正常，但是会诱骗女孩——甚至孩子——把他们带走之后杀害。我想一定是性犯罪。"

哈珀说：

"哦，是的，有这样的案子，可我们还没听说这一带发生过这样的案件。"

杰弗逊继续说：

"我想了我见过的所有和鲁比在一起的男人，各种各样的，住在这里的客人和外面的人——和她跳过舞的男人。他们似乎都没有恶意——都是普通人。她没有什么特别的朋友。"

哈珀警司仍然面无表情，但眼睛里有康韦·杰弗逊还没有察觉的疑问。

他想，鲁比·基恩很可能有一个特别的朋友，即使康韦·杰弗逊都不知道的朋友。

但他什么都没说。警司向他投去询问的一瞥，然后站起来说：

"谢谢你，杰弗逊先生。我们目前想问的就是这些。"

杰弗逊说：

"你们会一直通知我案子的进展吧？"

"是的，是的，我们会和你保持联系的。"

两位警官离开了。

康韦·杰弗逊靠在椅子上。

他垂下眼睑,合上了碧蓝的眼睛。突然显得非常疲劳。

之后,过了一两分钟,他的眼睛睁开了,嘴里喊道:"爱德华兹!"

贴身男仆立刻从隔壁房间走进来,爱德华兹比任何人都更了解他的主人。其他人,即使是杰弗逊先生最亲近的人,只知道他的坚强。爱德华兹却知道他的脆弱。他见过康韦·杰弗逊疲惫、沮丧、厌倦生活、被疾病和孤独击倒的时刻。

"是,先生。"

杰弗逊说:

"去找亨利·克利瑟林爵士。他在墨尔伯尼阿巴斯,告诉他,就说是我说的,马上来这里,不要等到明天。告诉他事情非常紧急。"

第七章

1

出了杰弗逊的房间,哈珀警司说:

"这么说,不管到底有多少价值,长官,我们已经有了一个动机。"

"哦,"梅尔切特说,"五万英镑,哈?"

"是的,长官。比这更小的数额都曾引发过谋杀案。"

"是的,不过——"

梅尔切特上校没把话说完,不过哈珀已经明白了他的意思。

"你认为在这个案子里不太可能?是啊,目前来看我也觉得不可能。但是一样要查。"

"哦,当然。"

哈珀继续说道:

"如果就像杰弗逊先生说的,加斯克尔先生和杰弗逊夫人已经衣食无忧并且还有一笔宽裕的收入,那么,他们不太可能犯下这样残忍的谋杀案。"

"没错。当然，依然要调查他们的经济状况。我不喜欢加斯克尔的样子——太精明了，像是个狂妄之徒——不过仅凭这一点不足以将他定为凶手。"

"哦，是的。我得说，我不认为他们两个可能是凶手。从乔西的话来看，他们没机会下手。他们两个从十点四十分到午夜一直在打桥牌，我觉得有另一种更合理的可能性。"

梅尔切特说："鲁比·基恩的男朋友？"

"是的，长官。一个满心怨恨的年轻人——也许酒量不好。她到这儿来之前认识的某个人。他知道了收养的事，可能觉得希望破灭了。眼看自己就要失去她，她就要去过一种完全不一样的生活，他快疯了，怒气冲天。昨晚他找她出去见面，因为这件事吵起来，在完全失去理智之后杀了她。"

"那她怎么会出现在班特里家的藏书室里呢？"

"我认为有这种可能。比如说，他们乘他的车出来。等他清醒过来，意识到自己干了什么，第一个念头就是处理掉尸体。假设他们当时在一幢大宅附近，他有了一个主意，如果她的尸体在这里被人发现，就会把警方的注意力引到这幢房子及四周的居民上来，他就能置身事外了。那女孩并不重，他能轻松地抱起来。他车里有把凿子，他撬开一扇窗户，把她放在壁炉前的地毯上。因为女孩是被勒死的，所以车里没有会暴露他的血迹和痕迹。你明白我的意思了吗？长官？"

"哦，是的，哈珀，的确很有可能。但还有一件事。Cherchez l'homme①。"

---

①法语，意为"找到那个男人"。

"什么?哦,太好了,长官。"

哈珀警司圆滑地称赞上司的玩笑,由于梅尔切特上校的法语发音过于标准,哈珀差点儿没明白他的话。

2

"哦——呃——我说——呃——能——能和你聊一会儿吗?"拦住两位警官的人是乔治·巴特列特。梅尔切特上校本来就不喜欢巴特列特先生,这会儿又急于知道斯莱克对那女孩房间的调查结果和酒店女仆的问话情况,于是生气地大声说:

"好吧,什么事——什么事?"

小巴特列特先生退了一两步,嘴巴一张一合,像水缸里的一条鱼。

"这个——呃——或许你们不知道也不重要——我觉得应该告诉你们。事情是这样的,我的车找不到了。"

"你的车找不到了是什么意思?"

巴特列特先生结结巴巴了很长时间才解释清楚,原来是他的车不见了。

哈珀警司说:

"你的意思是车被偷了?"

乔治·巴特列特满怀感激地转向这个比较温和的声音。

"是的,正是这样。我是说,没人知道,是不是?我是说也许谁一时起意开走了,并没有恶意,你明白我的意思吧。"

"你最后一次看见你的车是什么时候,巴特列特先生?"

"呃,我努力回忆来着。回忆起来可真不容易,这真有意思,是吧?"

梅尔切特上校冷冷地说：

"不，我得说，对于一个智力正常的人来说并不难。你刚才说昨晚车停在酒店的院子里——"

巴特列特先生壮起胆子打断了他，说：

"正是这样——是吗？"

"你说'是吗？'是什么意思？你说过就停在那儿。"

"哦——我是说我以为它停在那儿。我的意思是——呃，我没有出去看，你明白吗？"

梅尔切特上校不禁叹了口气，用尽所有的耐心说：

"我们来把这件事弄清楚。你最后看见你的车是什么时候？我是说亲眼看见。对了，你的车是什么牌子的？"

"米诺斯14。"

"你最后看见它是——什么时候？"

乔治·巴特列特的喉结痉挛般地上下抖动。

"我一直尽力回想。昨天午饭前还在。下午本打算出去兜风，可是不知怎么回事，你们知道是怎么回事，就上床睡觉了。起来后，喝完茶又打了会儿壁球什么的，之后去游泳。"

"当时车就停在酒店的院子里吗？"

"应该是。我是说，我通常把车停在那儿，想着，你看，要是带人出去兜兜风之类的，我是说，吃完晚饭后。不过昨晚运气不好，没事可做，根本没机会开我那辆老破车出去。"

哈珀说：

"不过，据你所知，那辆车还在院子里？"

"哦，那是自然。我是说，通常都停在那里——不是吗？"

"如果车不在那儿的话你会注意到吗？"

巴特列特先生摇摇头。

"我觉得不会,你知道,很多车进进出出。很多都是米诺斯。"

哈珀警司点点头。他刚才随意往窗外扫了一眼,院子里至少有八辆米诺斯14——今年流行的廉价款。

"通常你晚上都把车放回车库吗?"梅尔切特上校问。

"一般不费那个麻烦。"巴特列特先生说,"天气好的话,你知道,把车停到车库里很麻烦。"

哈珀警司看着梅尔切特上校,说:"长官,我一会儿到楼上找你。我得去找希金斯警长,他会记下巴特列特先生所讲的细节。"

"好的,哈珀。"

巴特列特先生愁眉苦脸地嘀咕道:

"我想应该告诉你们,你知道。也许很重要,嗯?"

3

普雷斯科特先生给酒店的舞女提供食宿。吃得不知如何,房间肯定是酒店里最差的。

约瑟芬·特纳和鲁比·基恩的房间在一条狭窄昏暗的走廊尽头。朝北的狭小房间面向酒店后面的峭壁。房间里不成套的家具代表着——大概是三十年前——酒店套间的华丽和奢侈。现在,酒店已经被改造得现代化,卧室里有放置衣服的更衣室,这些庞大的维多利亚式橡木和红木衣橱就被处理到了工作人员的、或者酒店旺季客满时供客人们使用的房间。

梅尔切特一眼便看出鲁比·基恩房间所在的位置能让她在不被人察觉的情况下离开酒店,想到她可能会这样离开,便觉得情况更为不妙了。

走廊尽头有一小段楼梯,通向一层的一条同样昏暗的走廊。那里还有扇玻璃门通向酒店侧阳台,阳台上看不到什么风景,因此很少有人来。你可以从这里直达正面的主阳台,也可以沿着一条蜿蜒的小路走上一条车道,最终和远处峭壁边的公路交会。这条车道的路况很差,很少有人使用。

斯莱克警督一直忙于阻止酒店女仆工作,检查鲁比的房间寻找线索。他很幸运,房间没有人动过,一切都保持着昨晚鲁比离开时的模样。

鲁比·基恩没有早起的习惯。斯莱克了解到,她通常十点或十点半起床打电话要早餐。由于康韦·杰弗逊一早就找了经理,所以警察在酒店女仆进房间之前就接管了这里。实际上她们连那条走廊都没去过。现在是一年中的淡季,其他房间每星期只开门打扫一次。

"能查的都查过了,"斯莱克沮丧地说,"就是说,如果存在要找的东西,我们一定能找到,可是没有任何东西。"

格伦郡的警察已经采集了房间里所有的指纹,但没有一个能提供线索。指纹包括鲁比、乔西,还有两个酒店女仆的——一个值早班,一个值晚班,还有几个是雷蒙德·斯塔尔的,但是,照他的话看,应该是鲁比没有出场表演时,他和乔西一起上楼找她时留下的。

角落里大红木写字台上的信件架上有一堆信件和杂物。斯莱克已经认真检查过了,没发现什么有价值的东西,账单、收据、剧院节目表、电影票存根、剪报、杂志上撕下来的美容信息。有几封信的寄件人署名是"莉尔",显然是鲁比在王宫舞厅共事的朋友。信中充满了琐事八卦,说他们"非常想念鲁比。你走了之后芬德森先生总是问起你。他真烦人!你离开之后瑞格和梅来往频繁起来。巴尼时常问起你。事情都和往常一样。老格罗瑟对待女孩们还是那么刻薄。那天他因为艾达经常和一个男人来往，狠狠地骂了她一顿。"

斯莱克记下了其中提到的所有名字，打算去询问这些人——也许会发现一些有用的信息。梅尔切特上校和哈珀警司都表示赞同。除此之外，这间屋子已经无法提供什么信息了。

屋子中间的一把椅子上搭着粉红色的泡泡纱舞衣，应该是鲁比昨晚早些时候穿过的那件，地上随手扔着一双粉红色缎子高跟鞋，两只揉成一团的丝质长筒袜躺在一边，其中一条抽了丝。这让梅尔切特想起那个死去的女孩腿上什么也没穿。斯莱克了解到这是她的习惯，她平时只在腿部用些化妆品，跳舞的时候才穿长丝袜，以节省开支。衣柜的门敞着，露出各种俗艳的晚礼服，下面是一排鞋子。衣筐里有几件脏内衣，废纸篓里有剪下的指甲、用过的洁面巾、沾着胭脂和指甲油的化妆棉——事实上，根本没有什么不寻常的东西！事情看起来再简单不过了。鲁比·基恩匆匆上了楼，换了衣服又匆匆离开——去了哪儿呢？

约瑟芬·特纳应该是最了解鲁比的生活和朋友的人，可她显然不能提供什么帮助。不过，斯莱克警督指出这非常正常。

"如果你告诉我的是真的，长官——我是说收养这件事——乔西一定会让鲁比和所有过去的朋友以及可能把这事搞砸的人断绝来往。在我看来，这位残疾的绅士完全被鲁比·基恩的甜美、可爱和孩子气给迷住了。如果说鲁比有个棘手的男朋友——他不会接受这个老家伙。所以鲁比不能让这事见光。乔西毕竟对这女孩了解不多——她有哪些朋友之类的。但有一件她肯定不会同意——鲁比因为和某个不合意的家伙交往而把事情搞砸。这样一来，鲁比完全有理由（要我说，她是个狡猾的小妞！）隐瞒她和任何一个老朋友的来往，不会让乔西知道任何事——否则乔西一定会说：'不，不行，姑娘。'但你知道那些女孩——特别是年青一代——总为了一个坏男孩犯傻。鲁比想见他。他来了,发现了这件事,发火闹了起来,拧断了女孩的脖子。"

"我希望你是对的,斯莱克。"梅尔切特上校说,极力掩饰他对斯莱克惹人厌的说话方式的反感情绪,"如果是这样,我们应该很容易查出这个坏家伙。"

"就把这事交给我吧,长官。"斯莱克带着他一如既往的自信劲头说,"我去王宫舞厅找那个叫'莉尔'的,把她的底翻出来,我们很快就能知道真相了。"

梅尔切特上校对此表示怀疑。斯莱克充沛的精力和活力总让他疲劳不堪。

"还有一个人或许能提供一点儿情况,长官。"斯莱克继续说,"就是那个职业舞蹈演员兼网球运动员。他常常见到她,可能比乔西知道得更多。鲁比很可能告诉他了什么。"

"我已经就这一点和哈珀警司讨论过了。"

"好的,长官。我已经仔细询问过酒店女仆了,她们什么也不知道。我觉得,她们很看不起她们两个。对她们的服务都是敷衍了事。酒店女仆最后一次收拾房间是昨晚七点,她整理了床铺、拉了窗帘,还简单打扫了一下。隔壁是一间浴室,你想看一看吗?"

浴室在鲁比和乔西的房间中间,乔西的房间稍大一点儿。浴室里的灯亮着,梅尔切特上校暗暗惊叹女人用来美容的东西竟然这么多。成排的洁面乳、面霜、粉底、营养霜。各种深浅不一的粉,一大堆各种各样的口红,发乳和头发增亮剂。睫毛液、睫毛膏、蓝色眼影粉,至少十二种不同颜色的指甲油,面巾纸、小片化妆棉、用过的粉扑。各种化妆液——收缩水、化妆水、柔肤水等等。

"你是说,"他弱弱地嘟囔着,"所有这些女人们都会用?"

一向无所不知的斯莱克和蔼地为他启蒙：

"这么说吧，长官，一位女士的生活中主要使用两种色彩，一种是白天的，一种是晚上的。她们知道哪一种最适合自己，因而固定使用某一种。而这些职业女孩必须经常换装。她们要表演舞蹈，今晚表演探戈，明晚是维多利亚式的衬架裙舞，另一个晚上是双人舞，还有通常在舞厅里跳的舞，化的妆自然也要变了。"

"天哪！"上校说，"难怪生产各种面霜和这堆东西的人都发了财。"

"钱来得很快，"斯莱克说，"赚得很容易。当然要付点儿广告费了。"

梅尔切特上校不再去想那些令人眼花缭乱、用之不竭的女人的装饰品。他对刚刚出现的哈珀警司说：

"还有那个表演跳舞的小伙子，就交给你了，警司？"

"好的，先生。"

一起下楼时，哈珀问：

"长官，你对巴特列特先生的话怎么看？"

"关于他的车？我认为，哈珀，这个年轻人想引起别人的注意。他说的话可不能全信。假使他昨晚真的和鲁比开那辆车出去了，又会怎么样呢？"

4

哈珀警司态度温和，令人愉快，但绝不明确发表任何意见。两个郡的警察共同办案总会比较困难。他喜欢梅尔切特上校，认为他是个颇有能力的警察局局长，但他对眼下自己能独自进行询问还是感到高兴。哈珀警司的宗旨是每次不要问太多,第一次只进行例行询问。这样能让对方放松,在下次面谈的时候减少防备。

哈珀一眼就认出了雷蒙德·斯塔尔。他相貌漂亮,高高的个子,身手敏捷,英俊帅气,皮肤呈深褐色,牙齿雪白。他举止优雅,待人亲切友好,在酒店里很受欢迎。

"恐怕我帮不了你太多,警司。当然,我和鲁比很熟。她来这里一个多月了,我们一起练跳舞,诸如此类的事。实在没什么可说的。她是一个快活的女孩,不过挺傻的。"

"目前我们急需了解她的朋友圈。她和男人的交往。"

"我想也是,不过,我真的什么也不知道!在酒店里,她身边有几个年轻人,可是没什么特别的。你看,她几乎总是和杰弗逊一家在一起。"

"是的,杰弗逊一家。"哈珀沉吟片刻,然后敏锐地看了一眼这个年轻人,"你对这件事怎么看,斯塔尔先生?"

雷蒙德·斯塔尔冷静地问:"什么事?"

哈珀说:"你知道杰弗逊先生准备正式收养鲁比·基恩吗?"

斯塔尔像是没听说过。他撅起嘴吹了声口哨,说:

"这个聪明的小鬼!哦,是的,没有比那老蠢货更蠢的人了。"

"这事让你很惊讶,是吗?"

"呃——还能说什么?如果那老伙计想收养一个孩子,为什么不从自己所在的阶层里选一个?"

"鲁比·基恩从没跟你提起过这件事?"

"没有,她没提过。我知道她正在为什么事暗自高兴,但我不知道是什么事。"

"那么乔西呢?"

"哦，我想乔西肯定知道。也许这件事从头到尾都是她谋划的。乔西可不是傻瓜，这个女人很有头脑。"

哈珀点点头，是乔西把鲁比·基恩引来的。她显然很鼓励这种亲密关系。难怪那天晚上应该上场时鲁比没出现就让她心烦意乱，而康韦·杰弗逊则惊慌不已。她担心自己的计划泡汤。

他问："你觉得鲁比会保守秘密吗？"

"很可能。她对自己的事谈得不多。"

"她有没有说过什么——任何事——关于她的朋友——她过去生活中的某个人，要来这里找她，或她和谁有了麻烦——你肯定明白我的意思。"

"我完全明白。呃，据我所知没有那样的人。至少她从没提过。"

"谢谢你，斯塔尔先生。现在能不能请你用自己的话向我准确地描述一下昨晚发生的事？"

"当然。鲁比和我一起跳了十点半那场舞——"

"她当时看起来没有什么反常吗？"

雷蒙德想了想。

"我觉得没有。我没有注意之后发生的事，我要照顾自己的舞伴。但我清楚地记得，我注意到她不在舞厅，一直到午夜她还没出现。我很生气，于是去找乔西。乔西当时正和杰弗逊一家打桥牌。她根本不知道鲁比在哪里，我觉得她有点儿慌乱。我注意到她焦急地看了一眼杰弗逊先生。我请乐队演奏了另一支舞曲，并到办公室让他们给鲁比的房间打电话，没有人接。于是又去找乔西。她估计鲁比可能是在房间里睡着了。这话当然很蠢，显然是说给杰弗逊一家人听的。然后她和我走到一边，说一起上楼去看看。"

"好的，斯塔尔先生。她单独和你在一起时说了什么？"

"我只记得她看起来很生气,还说:'该死的小傻瓜。她怎么能这样做。这会眼睁睁丢了大好机会。你知道她和谁在一起吗?'

"我说我根本不知道。我最后看见她时,她正在和小巴特列特跳舞。乔西说:'她不会和他在一起。她到底在干什么?是不是和那个拍电影的男人在一起?'"

哈珀警司赶紧问:"拍电影的男人?谁?"

雷蒙德说:"我不知道他的名字。他没在这里住过。是那种相貌不寻常的家伙——黑头发,看上去很夸张,就像个演戏的。我想他是拍电影的——或许他对鲁比是这样说的。他在这里吃过一两次饭,然后和鲁比跳舞,不过我想她对他根本不了解。所以乔西提到他时我很吃惊。我说我想他今晚不在这里。乔西说:'嗯,她一定是和谁出去了。我到底该怎么跟杰弗逊一家人说呢?'我说这和杰弗逊一家有什么关系?乔西说关系很大。她还说,如果鲁比把事情搞砸了,她永远都不会原谅她。

"这时我们已经到了鲁比的房间。她当然不在,但显然回来过,因为她刚才穿的裙子搭在椅子上。乔西看了衣柜,说鲁比穿走的是那条旧的白裙子。通常我们跳西班牙舞时,她会穿一条黑色的天鹅绒裙子。我当时非常生气,鲁比这是成心让我难堪。乔西一个劲儿地安慰我,说她来替鲁比跳,这样那个老普雷斯科特就不会找我们几个的麻烦。于是她去换衣服,然后我们一起下楼跳了一曲探戈,跳得夸张华丽,但不会让她的脚太累。乔西很有毅力——因为看得出她感觉很疼。之后她又让我帮她安慰杰弗逊一家。她说这很重要。当然,我尽力而为了。"

哈珀警司点点头,说:"谢谢你,斯塔尔先生。"

哈珀心想:"很重要,当然了!五万英镑!"

他看着雷蒙德·斯塔尔离去时优雅的背影,只见他走下阳台的台阶,途中拾起一袋网球和一副球拍。杰弗逊夫人拿着球拍走过来,和他一起向网球场走去。

"抱歉,长官。"

希金斯警长站在哈珀身边,气都快喘不上来了。

警司的思路突然被打断,吃了一惊。

"刚刚从总部传给你的消息,长官。有工人报告说今早看见了火光。半小时前,他们在采石场发现了一辆烧毁的汽车。文恩采石场——离这儿大约两英里。车里有一具烧焦的尸体残骸。"

哈珀的怒气顿时蹿了上来。他说:

"格伦郡这是怎么了?感染暴力瘟疫了?不要跟我说又有一起大案!"

他问:"他们弄清车号了吗?"

"没有,长官。但是通过发动机号肯定可以查出来。他们认为是一辆米诺斯14。"

第八章

1

　　亨利·克利瑟林爵士径直穿过堂皇酒店的大堂,几乎没注意在场的人。他现在心里有事。和以往一样,他潜意识里感觉到有什么事要发生,只是时机未到。

　　亨利爵士上楼时想,他的朋友是为了什么事忽然这么急着找他。康韦·杰弗逊通常不会紧急召唤谁。亨利爵士认为一定发生了不同寻常的事。

　　见面后,杰弗逊没浪费时间拐弯抹角。他说:

　　"你能来我很高兴。爱德华兹,给亨利爵士倒杯酒。坐吧,老兄。我想你什么都没听说吧?报纸上什么都没说?"

　　亨利爵士摇摇头,他的好奇心被激起来了。

　　"怎么回事?"

　　"谋杀。我牵涉其中,还有你的朋友班特里一家。"

"亚瑟和多莉·班特里?"克利瑟林似乎不相信。

"是的,你看,尸体是在他们家被发现的。"

康韦·杰弗逊简明扼要地把事情说了一遍。亨利爵士一言不发地听着。他们两人都善于抓住事情的要点。亨利爵士在担任都市警务专员时就以能迅速抓住事情的本质而闻名。

"这件事非同寻常。"听完康韦·杰弗逊的陈述后,亨利爵士说,"班特里家怎么会和此事有关?"

"让我担心的就是这个。你看,亨利,我觉得这可能是因为我认识他们。这是我能想到的唯一关联。我认为,之前他们谁都没有见过那女孩。他们也是这样说的,而且我们没理由不相信他们。他们根本不可能认识她。那么,她会不会是在别的地方被人诱骗,然后抛尸在我朋友家里呢?"

克利瑟林说:"我觉得这个说法有点儿牵强。"

"但这是可能的。"另一个人坚持。

"是的,但是未必。你需要我做什么?"

康韦·杰弗逊苦涩地说:

"我身有伤残,而且一直想掩盖这个事实——拒绝面对它——但现在它找上了我。我不能按自己的意愿四处走动,去问问题、调查情况。我只能老老实实地待在这里,等着警察心情好的时候向我施舍一点儿信息。顺便问一句,你认识拉德福郡的警察局局长梅尔切特吗?"

"是的,我见过他。"

亨利脑海里闪过一些信息。那是在他穿过休息厅时无意中看到的一张脸和一个身影。一个背部挺直的老妇人,有些面熟。这让他想起了和梅尔切特的最后一次会面。

他说:

"你是想让我做一个业余侦探？这可不是我的特长。"

杰弗逊说：

"可你不是业余的。"

"不再是职业的，我已经退休了。"

杰弗逊说："这样就更方便了。"

"你是说，如果我现在还在苏格兰场，就无法介入此案？的确如此。"

"是的，"杰弗逊说，"以你的经验，你完全可以介入这个案子。你给予的任何帮助都会受到欢迎。"

克利瑟林慢悠悠地说：

"在礼节上是可以的，这我同意。可你到底想要什么，康韦？查出是谁杀了那个女孩？"

"正是如此。"

"你自己完全不知道？"

"毫无头绪。"

亨利爵士慢慢地说：

"你可能不相信我的话，不过此时此刻，楼下的休息厅里就坐着一位解谜专家。在这方面她比我强，而且对于地方上的事，她可能有内幕消息。"

"你在说什么？"

"楼下大堂里，左边第三根柱子边坐着一位老妇人，她有一张甜美宁静的老小姐的面庞和一个能探测人类最隐秘之处的大脑，她将此事视为每天的工作。她叫马普尔小姐，来自距离戈辛顿一英里半的圣玛丽米德村，她是班特里家的朋友——而且，谈到犯罪事件，她可是最擅长的。"

杰弗逊盯着他,浓密的眉头皱了起来,严肃地说:

"你在开玩笑。"

"不,我不是开玩笑。刚才你提起梅尔切特。上次我见到梅尔切特时,村子里发生了一起惨案。一个女孩死了,据说是淹死的。警方怀疑不是自杀,而是谋杀,而且知道是谁干的。和我在一起的还有马普尔小姐,她心慌意乱。她说,她恐怕警方没把真正的凶手送上绞架。她没有证据,可是知道凶手是谁。她给了我一张纸,上面写着一个名字。天知道,杰弗逊,她是对的。"

康韦·杰弗逊的眉毛绞得更紧了。他满腹狐疑地嘟囔:

"我想那是女人的直觉。"他表示怀疑。

"不,她不是这么说的。她称之为专业知识。"

"什么意思?"

"这个,你知道的,杰弗逊,警察工作中会用到。遇到入室盗窃案时,我们通常很清楚是谁干的——就那几个惯犯。我们了解此类盗窃犯有什么样的特殊习惯。同样,马普尔小姐拥有一些尽管非常琐碎,但非常有趣的、来自乡村生活的经验。"

杰弗逊怀疑地说:

"对一个在表演圈子里长大,而且可能从来没到过乡下的女孩,她能知道些什么呢?"

"我认为,"亨利·克利瑟林爵士坚定地说,"她也许有些想法。"

2

当亨利爵士出现时,马普尔小姐因为高兴,脸色都亮了起来。

"哦,亨利爵士,在这儿见到你真是太好了。"

亨利爵士非常绅士地说：

"我才是真正感到荣幸。"

马普尔小姐脸红了，小声说："你真是太好了。"

"你住在这里？"

"哦，实际上，是我们。"

"我们？"

"班特里夫人也在。"她用敏锐的目光看着他，"你听说了吗？看来你已经知道了。非常可怕，是不是？"

"多莉·班特里在这里干什么？她丈夫也在吗？"

"没有。对于这件事，他们俩的反应完全不同。班特里上校这个可怜的人，遇到这种事，他就把自己关在书房里，或到农场去。你知道的，就像乌龟一样把头缩进去，希望没人会注意到他们。当然，多莉就完全不同。"

亨利爵士非常了解他的老朋友，他对马普尔小姐说："其实多莉简直可以说是很快活，是不是？"

"这个——呃——是的。亲爱的小可怜。"

"她带你一起过来，是想让你从她的帽子里变出兔子来吧？"

马普尔小姐从容地说：

"多莉认为应该换个环境，而她又不想一个人来。"她看着他，目光柔和，"不过，关于她的想法，你说得很对。问题是我根本帮不上什么忙，这让我很难堪。"

"你完全没有想法？村子里没有过类似的事吗？"

"目前我对这件事还知之甚少。"

"我想，这个我可以补充。我希望能听听你的看法，马普尔小姐。"

他把事情的经过简要叙述了一遍。马普尔小姐饶有兴趣地听着。

"可怜的杰弗逊先生,"她说,"真是一个悲伤的故事。那可怕的事故。让他瘸腿活着似乎比杀了他更残忍。"

"是的,确实如此。正因为如此,他的朋友才会如此敬重他,他们钦佩他的坚毅,克服了痛苦、悲伤和身体的残疾。"

"是啊,非常了不起。"

"唯一让我无法理解的是他忽然对那个女孩倾注了那么多的爱。当然,也许她具备一些异常优秀的品质。"

"也许不是。"马普尔小姐平静地说。

"你觉得不是吗?"

"我想这件事与她的品行无关。"

亨利说:

"你知道,他可不是那种令人恶心的老家伙。"

"哦,不,不!"马普尔小姐的脸红了,"我完全不是在暗示那件事。我想说的是,他只是在找一个聪明伶俐的女孩取代他死去的女儿——他非常急切——然后这个女孩看到了自己在这件事上的机会,并为此使出了浑身解数!我知道这么说有些刻薄,但这种事我见过太多了。比如说哈博特尔先生家那个年轻的女仆。一个非常普通的女孩,但是安静有礼。哈博特尔先生的姐姐被叫去照顾一个将死的亲属,回来后便发现那女孩变得趾高气扬,坐在客厅里高声说笑,不戴帽子和围裙。哈博特尔小姐严厉地批评了她,那女孩却极为无礼。然而,让哈博特尔小姐惊讶的是,老哈博特尔先生居然跟他姐姐说,他觉得她在这里料理家务太久了,他要另作安排。"

"村里发生了这样的丑闻,要被迫离开的却是可怜的哈博特尔小姐,她搬去了环境糟糕的伊斯特本。人们当然会有闲言碎语,但是我相信没发生什么有伤风化的事——那老家伙只是觉得听一个年轻快乐的女孩说他多么聪明有趣实在是件愉快的事,远胜于听他姐姐没完没了地挑他的毛病,尽管他姐姐理财很有一套。"

停了一会儿,马普尔小姐继续说:

"还有药店的巴杰尔先生,总是围着店里卖洗涤用品的年轻小姐转。他还跟夫人说他们应该像待女儿一样对待她,并让她搬进来住。不过巴杰尔夫人根本不这样想。"

亨利爵士说:"如果她是属于他那个阶层的女孩——比如一个朋友的孩子——"

马普尔小姐打断了他。

"哦!可是在他看来,那也不令人满意。这就像科菲图阿国王和那个乞丐少女。如果你真的是一个孤独疲惫的老人,而且觉得家人忽视了你——"说到这里她停顿了一下,"那么,向仰慕你的人表示友好——这样说可能比较夸张,但我想你明白我的意思——便会显得有趣得多。这让你觉得自己伟大了许多——简直是一位仁慈的君主。受到照应的人很可能因此不知所措,这让你的自我感觉非常好。"她停了一下,又说,"你知道,巴杰尔先生给他店里那个女孩买了一些很好的礼物,一条钻石手链和一台最贵的收音电唱两用机,花了不少积蓄。不过,与可怜的哈博特尔小姐相比,巴杰尔夫人要聪明得多(当然,婚姻也起了作用),她用各种方式打探到了一些信息。后来,巴杰尔先生发现那个女孩在和一个令人讨厌的赛马场里的年轻人约会,并且当掉手链把钱给了那小子,便立刻产生了厌恶,这件事就这样不了了之。接下来的圣诞节,他送给巴杰尔夫人一枚钻戒。"

她那活泼的、精明的眼睛看向亨利爵士的眼睛。他在想,她说这些是什么意思。他说:

"你的意思是,如果鲁比·基恩的生活里有个年轻人,我朋友对她的态度就会改变?"

"这是有可能的,你知道。我敢说,也许一两年后他会为她安排一桩婚事——当然也很有可能不这样做——男人通常比较自私。但我可以肯定地说,如果鲁比·基恩有个男朋友,她会小心地不让人知道。"

"那个年轻人也许会因此很不高兴?"

"我想这应该是最合理的解释。你知道,她表姐,就是今天上午去过戈辛顿的那个年轻女人,她看起来对死去的女孩非常生气,这让我很惊讶。刚才听了你的解释我便明白了。她显然是期待着从这件事中获利。"

"事实上她很冷血?"

"也许这个判断过于刻薄。这可怜的人要自己谋生,你不能指望她多愁善感,因为一个富有的男人或女人——从你的话中看,加斯克尔先生和杰弗逊夫人正是这样的人——还要获取一大笔从道义上说根本不应该属于他们的钱。我得说,特纳小姐头脑冷静、野心勃勃,她脾气好,懂得生活乐趣。有点儿——"马普尔小姐补充道,"像杰西·戈登,那个面包师的女儿。"

"她怎么啦?"亨利爵士问。

"她接受过保育员训练,嫁给了那家从印度回来休假的儿子。她是一个很好的妻子,我想。"

亨利爵士把谈话拉回到刚才的内容,他说:

"在你看来,有没有什么原因使我的朋友康韦·杰弗逊突然产生了这种'科菲图阿情结'?不知道你觉得这样说是否合适。"

"也许有原因。"

"什么样的原因?"

马普尔小姐犹豫了一下。"我觉得——当然只是猜测——也许他的女婿和儿媳想再结一次婚。"

"他会反对吗?"

"哦,不,不反对。但是,你知道,你必须从他的角度来看这件事。他遭受过沉重的打击和损失——他们也一样。这三个失去了亲人的人生活在一起,他们之间的纽带就是共同经历过的灾难。可是,正如我亲爱的母亲说过的,时间是最好的愈合剂。加斯克尔先生和杰弗逊夫人都很年轻。也许他们自己都没有意识到,可是渐渐开始不安,不喜欢把他们和过去的悲痛联系在一起。同时,老杰弗逊感觉到了这种变化,他莫名地觉得自己缺少关爱。事情往往是这样。男人比较容易觉得被忽略。在哈博特尔先生家,体现为哈博特尔小姐离开。在巴杰尔家,巴杰尔夫人醉心于招魂术,常常出去参加降魂会。"

"我必须说,"亨利爵士深感懊悔,"我不喜欢你把我们全都简单地归类为有共同特点的普通人。"

马普尔小姐难过地摇摇头。

"无论在什么地方,人的本性都是相似的,亨利爵士。"

亨利爵士不悦地说:

"哈博特尔先生!巴杰尔先生!还有可怜的康韦!我不喜欢介入别人的私事。不过你们村里有没有像我这样卑微的人呢?"

"哦,当然,有布里格斯先生。"

"谁是布里格斯?"

"他是老宅的首席花匠,可以说是他们请过的最好的人。连手下园丁什么时候懈怠偷懒他都知道得一清二楚——非常不可思议!他手下只有三个男工匠和一个小男孩,可那里比六个人打理得还要好。他的香豌豆花得过好几次头等奖。现在他已经退休了。"

"和我一样。"亨利爵士说。

"不过他还做点儿零活——如果他还比较喜欢对方的话。"

"哦,"亨利爵士说,"又和我一样,这正是我目前做的事——零活儿——帮一位老朋友。"

"两位老朋友。"

"两位?"亨利爵士似乎很不解。

马普尔小姐说:

"我想你指的是杰弗逊先生。不过我想到的不是他,而是上校和班特里夫人。"

"是的——是的——我明白了。"他一针见血地问,"所以刚才你说班特里夫人是'亲爱的小可怜'?"

"是的,她还没意识到这是怎么回事。然而我知道,因为我的经验更多。你看,亨利爵士,在我看来,这类案子很可能永远无法破解,就像布赖顿的卡车谋杀案。可一旦发生了这种事,对班特里一家来说就是灾难。和几乎所有退役军人一样,班特里上校异常敏感,对公众舆论的反应极快。也许开始他不会注意到,但很快就会发现的。怠慢、冷落、谢绝,各种借口——等他逐渐明白过来,他就会缩回去,生活会变得冷酷而悲哀。"

"马普尔小姐,不知道我理解得对不对。你是说,由于尸体是在他家里发现的,公众就会认为这件事情与他有关?"

"当然!我敢肯定人们现在已经在这样说了。事情会被越描越黑。人们会对他们采取冷漠的回避态度。因此我们必须查清真相,这也是我和班特里夫人一起来这里的原因。公开指责是另一回事——对一个士兵来说这不难对付。他可以表示愤怒,有机会反击。可这种流言飞语会击垮他——会击垮他们两个。所以,亨利爵士,我们必须查明真相。"

亨利爵士说：

"你知道尸体为什么会在他家里吗？必定有什么解释，有某种联系。"

"哦，当然。"

"那女孩最后一次被人看到在这里出现是大约十一点差二十。验尸报告显示，午夜时她已经死了。戈辛顿大宅离这里大约十八英里，在拐离主路之前，那十六英里的路况都很好。动力大的车不到半小时就可以跑完这段路，实际上所有的车都可以在三十五分钟内跑完。可是我想不通为什么有人要在这里杀死她，然后把尸体运到戈辛顿，或者先把她带到戈辛顿，然后再勒死她。"

"你当然不明白，因为事情本来就不是这样。"

"你的意思是说，那个家伙开车带她出去，把她勒死，然后就近把尸体抛在沿途经过的随便哪幢房子里？"

"我不这样认为。我觉得这件事有一个周密的计划，只是执行计划的时候出了点儿问题。"

亨利爵士盯着她。

"为什么那个计划出了问题？"

马普尔小姐带着歉意说：

"这种奇怪的事时有发生，不是吗？如果我说这个计划出现了差错是因为人类其实比我们想象得更加脆弱和敏感，这听起来不合理，是吗？但我就是这样想的——而且——"

她停了下来。"班特里夫人来了。"

第九章

和班特里夫人一起到来的还有艾黛莱德·杰弗逊。班特里夫人向亨利爵士走去,嘴里喊道:"是你?"

"是的,是我。"他热情地握住她的双手,"B 夫人,对发生的一切我感到非常难过,真是难以言表。"

班特里夫人立刻反应道:

"不要叫我 B 夫人!"接着又说,"亚瑟没有来,他觉得这件事太严重了。马普尔小姐和我过来做一些调查。你认识杰弗逊夫人吗?"

"当然。"

他们握了手。艾黛莱德·杰弗逊说:

"你见过我公公了吗?"

"是的,去过了。"

"那就好。我们都很担心,这件事对他的震动太大了。"

班特里夫人说:

"我们去阳台喝点儿东西再谈吧。"

马克·加斯克尔正独自坐在阳台的尽头，四人向他走过去。

大家寒暄了几句，酒水一到，喜欢直来直去的班特里夫人便和平时一样进入了主题。

"我们可以开始谈谈这事了，对吗？"她说，"我的意思是，我们都是老朋友了——除了马普尔小姐，不过她对犯罪事件无所不知，而且愿意帮忙。"

马克·加斯克尔有些不解地看着马普尔小姐，心存疑虑地说：

"你——呃——写侦探小说吗？"

他知道那些写侦探小说的人是最不可信的。身穿过时老小姐服装的马普尔小姐尤其像那种人。

"哦，不，我还没聪明到那个程度。"

"她很了不起。"班特里夫人急切地说，"现在我不能详细解释，不过她确实很了不起。好了，艾迪，我想知道所有的事。这个女孩是个什么样的人？"

"嗯——"艾黛莱德·杰弗逊迟疑了一会儿，看了看马克，脸上露出一丝笑意，"你真是直截了当。"

"你喜欢她吗？"

"不，当然不喜欢。"

"她到底是个什么样的人？"班特里夫人转而又问马克·加斯克尔。马克措辞谨慎：

"很普通，或者说是个骗取男人金钱的女人。她很有一套，紧紧抓住了杰夫。"

他们两人都称杰弗逊为杰夫。

亨利爵士不悦地看着马克，心想：

"太不谨慎，说话怎么能这样口无遮拦。"

他一直对马克·加斯克尔有些不满。这个男人很有魅力,但不可靠——话太多,有时候还爱自吹自擂——总之亨利爵士觉得他不可信。有时他会想,康韦·杰弗逊是否有同样的感觉。

"你们当时就不能做点儿什么吗?"班特里夫人追问道。

马克干巴巴地说:

"也许可以——如果我们及时发现的话。"

他看了一眼艾黛莱德,她的脸微微发红。他的眼神充满责备。

她说:"马克认为我应该预料到接下来发生的事。"

"你让老小孩独自待着的时间太久了。网球课,还有其他事情。"

"哦,我必须做一些锻炼。"她带着歉意说,"总之,我做梦也没想到——"

"是的,"马克说,"我们谁都没有想到。杰夫一直是个头脑冷静、行事明智的老男孩。"

马普尔小姐说话了。

"男人,"是那种老小姐提及男性的口吻,仿佛他们是野生动物一样,"往往不像他们看上去那么冷静。"

"我觉得你说得对。"马克说,"不幸的是,我们没有意识到这一点,马普尔小姐。我们不知道老男孩怎么看待那些乏味俗气的小把戏。但我们很乐意有人让他高兴、开心。我们认为她不会有什么害处。不会有害处!真希望我拧断了她的脖子!"

"马克,"艾迪说,"注意你的言辞。"

他对她露出迷人的微笑。

"我想我是应该注意,否则人们会认为我真的拧断了她的脖子。不过,我想我已经受到怀疑了。如果有人乐于看到那女孩死掉的话,那就是艾迪和我。"

"马克，"杰弗逊夫人嗔怒地喊了起来，"你真的不能这样！"

"好吧，好吧。"马克和解似的说，"不过我真的想说出我的想法。尊敬的岳父大人要把五万英镑投到那个浅薄愚蠢的小妖精身上。"

"马克，你真的不能这样——她已经死了。"

"是的，她死了，可怜的小恶魔。不过，她又为什么不能利用上帝赋予她的武器呢？我有什么权利去评判？我自己这辈子就干过不少令人讨厌的事。这么说吧，鲁比有权谋划，是我们太傻，没有及早看穿她的把戏。"

亨利爵士说："康韦告诉你他打算收养这个女孩时，你是怎么说的？"

马克伸出双手。

"我们能说什么？艾迪可是个温婉的淑女，自制力令人钦佩。她勇敢地面对这件事，我决定也像她那样。"

"换了我肯定会大吵大闹！"班特里夫人说。

"呃，坦率地说，我们也没有权利大吵大闹。那是杰夫的钱。我们不是他的亲生骨肉。他对我们一直都很好。所以我们没有别的办法，只能接受。"接着他又若有所思地补充了一句，"不过我们不喜欢小鲁比。"

艾黛莱德·杰弗逊说：

"如果是另一种女孩就好了。你们知道，杰夫有两个教子。如果是他们中的任何一个——呃，就比较容易理解。"她略带怨恨地又补充了一句，"杰夫似乎一直很喜欢彼得。"

"当然。"班特里夫人说，"我一直知道彼得是你第一个丈夫的孩子——不过我不知不觉就忘记了，总把他看成是杰弗逊先生的孙子。"

"我也是。"艾黛莱德说。她的语气引得马普尔小姐从椅子上转过身来看着她。

"都是乔西的错,"马克说,"是乔西把她弄到这里来的。"

艾黛莱德说:

"哦,不过你肯定会认为她不是故意的,对吧?你看,你一直都很喜欢乔西。"

"是的,我确实喜欢她。我觉得她就是讨人喜欢。"

"她把那女孩弄来完全是个意外。"

"你知道,乔西的脑袋可是很聪明的。"

"确实,不过她不可能预料——"

马克说:

"是的,她不可能预料,这我承认。我并不是在指责她策划了这件事。但我肯定她在我们之前就看出了事情的苗头,并且一直对此保持沉默。"

艾黛莱德叹了口气,说:

"我觉得这件事也不是她的错。"

马克说:

"哦,无论什么事我们都不怪任何人!"

班特里夫人问:

"鲁比·基恩很漂亮吗?"

马克盯着她。

"我以为你看过了——"

"哦,是的,我看过她——的尸体。不过,你知道,她是被勒死的,看不出来——"她战栗起来。

马克沉思着说:

"我一点儿也不觉得她漂亮,不化妆肯定是另外一副模样。一张苍白干瘦的小脸，下巴很短，牙齿参差不齐，很难说清是什么样的鼻子——"

"听上去令人厌恶。"班特里夫人说。

"哦，不，不是这样的。我说了，她化了妆看起来还是不错的，是不是，艾迪？"

"是的，花里胡哨的，脸色粉嫩，蓝眼睛非常漂亮。"

"没错，孩子般无辜的眼神，睫毛染得很浓，让那双蓝眼睛更蓝了。当然了，她的头发染过。真的，说到颜色——总之，在用化妆品调颜色方面——她有点儿像罗莎蒙德——就是我妻子，你们知道。我敢说就是这一点吸引了老头子。"

他叹了口气。

"唉，这是件糟糕的事。可怕的是，对于她的死，艾迪和我忍不住感到高兴——"

他制止了艾黛莱德的抗议。

"这没用，艾迪。我知道你是怎么想的。我也一样。但我不想装模作样！不过，与此同时，我真的非常担心杰夫，如果你明白我的意思。这件事对他打击很大。我——"

他停下来，盯着休息厅那扇通往阳台的门。

"好了，好了——看看谁来了。艾迪，你真是个肆无忌惮的女人。"

杰弗逊夫人扭过头，惊呼了一声，然后站起来，脸上泛起红晕。她沿着阳台朝一位高个子的中年男人快步走去，那人瘦削的脸晒成了棕色，此刻他正犹豫不决地四下环顾。

班特里夫人说："那不是雨果·麦克莱恩吗？"

马克·加斯克尔说：

"正是雨果·麦克莱恩。又叫威廉·多宾。"

班特里夫人低声说：

"他很忠实，是不是？"

"忠实得像条狗。"马克说，"只要艾迪吹声口哨，他就会一路小跑着从世界任何一个角落赶来，他总盼着有一天她会嫁给他。我敢打赌，她会的。"

马普尔小姐高兴地看着他们，说：

"我明白了。罗曼蒂克故事？"

"属于传统意义上的好事，"马克保证说，"已经好几年了，艾迪就是那种女人。"

他想了想，又补充道："我估计艾迪今天早上给他打了电话。不过她没告诉我。"

爱德华兹谨慎地沿着阳台踱步走来，在马克身边停下。

"打扰了，先生。杰弗逊先生希望你过去一趟。"

"我这就来。"马克立刻从椅子上站起身。

他朝大家点了点头，说了声"回见"，便离开了。

亨利爵士倾身靠近马普尔小姐，说：

"在你看来，这起犯罪的主要受益人是谁？"

马普尔小姐看着站在那里和老朋友说话的艾黛莱德·杰弗逊，若有所思地说：

"你知道，我认为她是一位非常称职的母亲。"

"哦，确实如此。"班特里夫人说，"她把所有心思都放在彼得身上。"

"她是那种人人都喜欢的女人，"马普尔小姐说，"那种可以一次又一次地结婚的。我不是说专门迎合男人的女人——是完全不同的意思。"

"我明白你指的是什么。"亨利爵士说。

"你们两人的意思是,"班特里夫人说,"她善于聆听。"

亨利爵士笑了。他说:"那马克·加斯克尔呢?"

"啊,"马普尔小姐说,"他是个精明的家伙。"

"村子里有像他这样的人吗?"

"那个承建商,卡吉尔先生。他哄骗很多人为自家房子做了一些他们从不想做的工程,并且向他们收取高额费用!然而他总能为账单做出合理的解释。一个狡猾的家伙。他娶了钱。我看加斯克尔先生也一样。"

"看来你不喜欢他。"

"不,我喜欢。大多数女人都会喜欢他,但他瞒不过我。他是一个很有吸引力的人,这我知道,但他的话太多,这或许不太明智。"

"就是这个词:不明智。"亨利爵士说,"马克如果不留神,会给自己找麻烦。"

一个身穿白色法兰绒外衣的高个子年轻黑人走上通向阳台的台阶,他停下来看着艾黛莱德·杰弗逊和雨果·麦克莱恩。

"而那位 X 先生,"亨利爵士亲切地说,"我们可以称他为有关当事人。他是个职业网球运动员和舞者——雷蒙德·斯塔尔,鲁比·基恩的搭档。"

马普尔小姐饶有兴趣地看着他,说:

"他很英俊,是不是?"

"我猜是吧。"

"别那么滑稽,亨利爵士。"班特里夫人说,"没什么可猜的,他就是很英俊。"

马普尔小姐低声说:

"我记得杰弗逊夫人说过她在上网球课。"

"简,你这么说是有什么特别的意思吗?"

马普尔小姐还没来得及回答这个直率的问题,就看见小彼得·卡莫迪穿过阳台走上前来。他跟亨利爵士打招呼说:

"我说,你也是个侦探吗?我看到你和那位警司在谈话——胖的那个是警司,对不对?"

"非常正确,我的孩子。"

"有人告诉我说你是从伦敦来的大侦探。苏格兰场的长官之类的。"

"在书里,警察厅厅长通常都是个没用的蠢货,对吗?"

"哦,不,现在不同了。嘲笑警察之类的事已经过时了。你知道谁是凶手了吗?"

"恐怕还不知道。"

"你很喜欢这种事吗,彼得?"班特里夫人问。

"哦,是的。跟平常的生活不同了,对吗?我一直在到处搜索,希望能找到什么线索,不过我运气不怎么样。可是,我得到一个纪念品,你们想看看吗?奇怪,妈妈让我把它扔掉。我真是觉得父母有时候太过严厉了。"

他说着从口袋里掏出一个小火柴盒。把它推开,向大家展示里面的宝贝。

"看,是一块指甲。她的指甲!我打算将它命名为'被谋杀的女人的指甲'并把它带回学校。真是很好的纪念品,你们觉得呢?"

"你从哪里弄来的?"马普尔小姐问。

"呃,这还真是凭了运气。因为当时我不可能知道她会被人谋杀。昨天晚饭前,鲁比的指甲钩住了乔西的披肩,把它扯坏了。妈妈帮鲁比把指甲剪掉,然后交给我,说要扔进废纸篓,我原本是要那么做的,可不知怎么的却把它放进了衣袋里。今天早上我想起这件事,便察看它是否还在,结果发现还在口袋里,于是现在成了纪念品。"

"真恶心。"班特里夫人说。

彼得有礼貌地说:"哦,你这样认为吗?"

"你还有其他纪念品吗?"亨利爵士问。

"哦,我不知道。也许还有吧。"

"说清楚点儿,年轻人。"

彼得若有所思地看着他,然后掏出一个信封,从信封里抽出一条棕色的东西。

"这是那个乔治·巴特列特的一段鞋带。"他解释道,"今天早上我看见他的鞋子放在门外,就弄了一点儿,以防万一。"

"万一什么?"

"万一他就是凶手啊。他是最后一个见到她的人,要知道,这一点总会引起怀疑。快到晚饭时间了,是吧?我饿坏了。下午茶和晚饭之间的时间似乎总是那么长。嗨,那是雨果叔叔。我不知道妈妈把他叫来了。我想是她叫来的。她遇到棘手的事就总这样。乔西来了。嗨,乔西!"

约瑟芬·特纳沿着阳台走来,看见班特里夫人和马普尔小姐,她停住脚,似乎非常吃惊。

班特里夫人愉快地说:

"你好,特纳小姐。我们来查问点儿事情!"

乔西歉疚地四下看了看,然后压低声音说:

"这真是太可怕了。还没有人知道。我的意思是,报纸还没有刊登。我想大家都会向我发问,这真是太让人难堪了。我不知道该说什么。"

她满面愁容地看向马普尔小姐。马普尔小姐说:"是的,恐怕你的处境会很艰难。"

这种同情让乔西心怀感激。

"你看,普雷斯科特先生对我说:'不要谈这件事。'说得倒是没错,但是每个人肯定都会来问我,而你又不能冒犯别人,对不对?普雷斯科特先生希望我能像平时一样继续工作——发生这种事让他很不高兴,我当然愿意尽力而为。再说,我真不明白这件事为什么要怪我。"

亨利爵士说:

"你介意我向你提一个坦率的问题吗,特纳小姐?"

"哦,请问吧。"乔西说这话时多少有点儿言不由衷。

"在整个事件中,你和杰弗逊夫人及加斯克尔先生之间有什么不愉快吗?"

"你是指关于这起谋杀?"

"不,我不是指谋杀。"

乔西站在那里,绞着手指。她满脸不快地说:

"呃,可以说有,也可以说没有。如果你能明白我的意思。他们俩都没说过什么。不过我觉得他们在怪我——我是说,杰弗逊先生很喜欢鲁比。但这不是我的错,对不对?这样的事确实发生过,我事先做梦也没想到,完全没有想到。我——我非常吃惊。"

她的话让人感觉句句真心实意。

亨利爵士和颜悦色地说:

"我相信是这样的。可万一真的发生了呢?"

乔西抬起下巴。

"哦,是运气,对不对?每个人都有机会和权利拥有一点儿运气。"

她带着质问的神情挑战似的同每一个人对视，然后穿过阳台，进入酒店。

彼得语气公正地说：

"我觉得不是她干的。"

马普尔小姐轻声说：

"很有意思，我是说那片指甲。要知道，这一直让我觉得困扰——该怎么解释她的指甲。"

"指甲？"亨利爵士问。

"那个死了的女孩，"班特里夫人解释说，"她的指甲非常短，简说了，这当然有点儿不对劲儿。像她那样的女孩肯定都留长指甲。"

马普尔小姐说：

"当然，如果指甲断了一处，她有可能把其他的都剪齐。我想知道，他们在她的房间里发现指甲了吗？"

亨利爵士好奇地看着她，说：

"等哈珀警司回来后我问问他。"

"从哪儿回来？"班特里夫人问，"他没有去戈辛顿，是吗？"

亨利爵士心情沉重地说：

"没有。又发生了一场悲剧。采石场发现一辆烧毁的汽车——"

马普尔小姐屏住呼吸。

"车里有人吗？"

"我恐怕——是的。"

马普尔小姐一边思考一边说：

"我认为是那个失踪的女童子军——佩兴斯——不，是帕米拉·里夫斯。"

亨利爵士看着她。

"马普尔小姐,究竟是什么让你这么看?"

马普尔小姐的脸红了。

"呃,广播电台报道这个女孩从家里失踪了——昨晚的事。她家在戴恩利谷,离这儿不远。最后一次有人见到她是在戴恩伯里丘陵举行的女童子军集会上。这很接近了。事实上,她回家时必须经过丹尼茅斯。所有的事都很吻合,是不是?我的意思是,可能她看到——或听到了——不应该让任何人看到或听到的事。如果是这样的话,她当然会被凶手视作危险而灭口。这样两件事之间必然有联系,你不这样认为吗?"

亨利爵士压低声音说:

"你觉得——是第二起谋杀?"

"为什么不会呢?"她平静地看着他的眼睛,"如果某人干了一起谋杀案,他还会干第二次,不会因为害怕而退缩,不是吗?甚至第三次。"

"第三次?你不会认为还会有第三起谋杀吧?"

"我认为有这个可能……是的,我认为可能性很大。"

"马普尔小姐,"亨利爵士说,"你吓着我了。你知道谁会被谋杀吗?"

马普尔小姐说:"我有一个很好的办法。"

第十章

1

哈珀警司站在那儿,看着那堆烧焦变形的金属。烧毁的汽车总让人感到恶心,更别说还有一具烧得焦黑的可怕的尸体。

文恩采石场位置偏僻,附近没有任何住宅区。虽然这里和丹尼茅斯的实际直线距离只有两英里,但其间的道路状况只比马车道稍好一点儿,那条路狭窄弯曲,路面高低不平,而且是通往这里唯一的路。这个采石场很久以前就不再使用了,顺着这条小路来这里的只有那些寻找黑莓的不速之客。要想扔掉一辆汽车,这里是非常理想的场所。一个名叫艾伯特·比格斯的工人在上班途中碰巧看到天空中有火光,否则这辆车留在这里几个星期也不会被发现。

艾伯特·比格斯还在现场,刚才他已经把该说的都说过了,可他仍在绘声绘色地不断重复着那个骇人听闻的故事。

"天哪,我这双该死的眼睛看到了什么?那是怎么回事儿?我的天,那到底是什么?火光冲天。开始我以为是篝火,可谁会在文恩采石场点篝火呢?不,不对,我说,肯定是场大火。可这到底是怎么回事儿?那个方向没有住户或农场啊。肯定就在文恩那边,就是那儿,没错。我不知道怎么办,这时格雷格警员正好骑车过来,我就告诉他了。那时火焰已经看不到了,不过我告诉了他在哪个位置。就在那个方向,我说,火光冲天。可能是干草垛。很可能是谁踩上去,不知怎么的就着火了。不过我怎么也想不到会是辆汽车——更想不到会有人被活活烧死在里面。这真是一场可怕的悲剧,显然是的。"

格伦郡的警察一直在忙碌。照相机的咔嚓咔嚓声响个不停,烧焦尸体的位置被准确记录下来,之后法医开始仔细调查。

法医拍打着手上的黑灰,向哈珀走过来,他的嘴唇闭得紧紧的。

"做得很彻底。"他说,"只剩下一只脚的一部分和一只鞋。骨骼应该能提供一些信息,但是至少目前我个人还无法断定尸体是男还是女。不过,那只鞋是黑色搭扣的式样——是女学生穿的。"

"邻郡有一个女学生失踪了,"哈珀说,"离这儿这很近。是十六岁左右的女孩。"

"那很可能是她。"法医说,"可怜的孩子。"

哈珀面带忧虑地问:"她还活着吗,就是——"

"不,不,我想没有。没有试图逃出去的迹象。尸体就倒在车座上——一只脚伸直。我想她被放在那里时就已经死了,然后有人将车点燃以毁灭证据。"

他停止讲述,问道:

"还需要我做什么吗?"

"不用了,谢谢。"

"那好,我走了。"

法医朝他的汽车走去。哈珀则走到一个忙碌的警长身边,此人是汽车案件的专家。

后者抬起头。

"案情很清楚,长官。车子被浇了汽油,是故意纵火。那边的树篱里有三个空罐头。"

稍远一点儿的地方,一个人正在仔细整理从残骸里搜寻出来的小物件。一只烧焦的黑皮鞋和一些烧焦发黑的物体残片。看见哈珀走过来,那人抬起头说:

"看看这个,长官。这能说明一些问题。"

哈珀伸手接过那个小东西,说:

"女童子军制服上的纽扣?"

"是的,长官。"

"嗯,"哈珀说,"看来确实能说明问题。"

作为一个正直善良的人,哈珀的胃里翻江倒海一般。先是鲁比·基恩,然后是这个孩子,帕米拉·里夫斯。

他再一次问自己:

"格伦郡是怎么了?"

接着,他给自己的警察局局长打了电话,之后又联系了梅尔切特上校。帕米拉·里夫斯在拉德福郡失踪,尸体则是在格伦郡被发现的。

接下来要做的事非常艰难:他必须通知帕米拉·里夫斯的父母……

2

哈珀警司按响了前门门铃,然后抬起头,若有所思地打量着布雷塞德宅邸的前部。

这是一幢干净整洁的小房子，有一个占地约一英亩半的漂亮花园。最近二十年，乡下出现了很多这样的房子，随处可见。里面住的通常是像退伍军人、退休的公务员这样的当地人。他们为人正派得体；用不太好听的话说，他们或许有点儿乏味，在孩子的教育方面愿意倾其所有。看到他们，你绝对不会联想到悲剧。然而现在悲剧找上门来了。他叹了口气。

他很快被领进了休息室，里面坐着一个留着灰色胡须、表情凝重的男人和一个哭得双眼红肿的女人，看见哈珀警司，他们立刻站起身。里夫斯夫人焦急地问：

"有帕米拉的消息了？"

说完她立刻又坐了回去，警司怜悯的目光仿佛给了她一击。

哈珀说：

"恐怕你们要有心理准备，是坏消息。"

"帕米拉——"那个女人声音颤抖。

里夫斯少校直截了当地问：

"出事了吗？孩子——"

"是的，先生。"

"你是说她死了？"

里夫斯夫人叫起来：

"哦，不，不……"接下来是一阵哭泣声。里夫斯少校伸手搂住妻子，把她拉到自己身边。他嘴唇颤抖，用询问的目光看向低着头的哈珀。

"是事故？"

"不完全是，里夫斯少校。我们是在废弃的采石场里一辆被烧毁的汽车里发现她的。"

"在车里？采石场？"

他显然非常吃惊。

里夫斯夫人完全崩溃了，她重重地摔在沙发上，大声哭泣。

哈珀警司说：

"你们希望我过一会儿再解释吗？"

里夫斯少校厉声问道：

"这到底是怎么回事？残忍的行为？"

"看起来是这样，先生。所以，如果不是太为难的话，我需要问你们几个问题。"

"好的，好的，你是对的。如果确实如你所说，我们不应该浪费时间。可我无法相信。谁会去伤害像帕米拉这样的孩子？"

哈珀神情木然，他说：

"你们已经向当地警方报告了你们女儿失踪的经过。她离开这儿去参加童子军集会，你们等她回来吃晚饭。是这样吗？"

"是的。"

"她应该是乘公共汽车回来？"

"是的。"

"根据她的童子军伙伴的描述，我们了解到，在集会结束后，帕米拉说她要经丹尼茅斯去伍尔沃思，然后乘下一趟车回家。你们觉得她这样做正常吗？"

"哦，是的。帕米拉非常喜欢去伍尔沃思。她经常去丹尼茅斯购物。公共汽车从主路走，离这儿大约只有四分之一英里。"

"就你们所知，她还有别的计划吗？"

"没有。"

"她在丹尼茅斯是不是要见什么人？"

"不，我肯定没有。如果是的话，她会说的。我们跟她说好了回来吃晚饭。所以，那么晚还没见她回来，我们就打电话报了警。她从来不会不回家。"

"你的女儿有没有交什么不良的朋友——或者说，你们不赞成的朋友？"

"没有，从来没有任何这方面的麻烦。"

里夫斯夫人哭着说：

"帕米拉只是个孩子。她看上去比实际年龄还要小。她喜欢游戏什么的，各方面都不成熟。"

"你们认识一个住在丹尼茅斯堂皇酒店的乔治·巴特列特先生吗？"

里夫斯少校睁大了眼睛。

"从没听说过。"

"你觉得你女儿会认识他吗？"

"我肯定她不认识。"

接着他厉声问道："他和这件事有什么关系？"

"他是那辆被烧毁的米诺斯14的车主，你女儿的尸体就是在那辆车里被发现的。"

里夫斯夫人哭喊着："那他一定是——"

哈珀立刻说：

"今天早些时候，他报案说车不见了。那辆车昨天午饭时还在堂皇酒店的院子里，任何人都有可能开走。"

"可没人看见是谁开走的？"

警司摇摇头。

"一天之中有数十辆汽车在那里进进出出，而米诺斯14是最常见的车型之一。"

里夫斯夫人哭着说：

"可是，难道你们没有采取什么行动吗？难道你们不是在设法找到那个——那个干这件事的魔鬼？我的小姑娘——哦，我的小姑娘！她不是被活活地烧死的，是吧？哦，帕姆①，帕姆……"

"她没有遭受什么痛苦，里夫斯夫人。我肯定车着火时她已经死了。"

里夫斯语气坚定地问：

"她是如何被害的？"

哈珀意味深长地看了他一眼。

"我们不知道。大火烧毁了所有相关证据。"

他转向倒在沙发里的近乎崩溃的女人。

"相信我，里夫斯夫人，我们正在尽最大努力。这需要核查。我们迟早会找到昨天有谁在丹尼茅斯见过你女儿，以及有谁和她在一起。你们知道这需要时间。我们会收到数十份、数百份报告，说在这里、那里，以及任何地方见过一个女童子军。这需要筛选和耐心——但是不要担心，我们最终一定会查明真相。"

里夫斯夫人问：

"她——她在哪里？我能去看她吗？"

哈珀警司看了一眼她的丈夫，说：

"法医正在处理相关事宜。我建议你丈夫现在跟我一起去办理手续。同时，请尽量回忆帕米拉说过的话——任何话，也许当时你们没有注意，可有些事对弄清案情会有所帮助。你知道我的意思——就是

---

① 帕姆是帕米拉的昵称。

偶然情况下说的只言片语。这是你们能帮助我们的最好办法。"

他们朝门口走去，里夫斯指着一张照片说：

"那就是她。"

哈珀专注地看着照片，上面是一队曲棍球队员。里夫斯指着站在中间的帕米拉。

"是个好孩子。"哈珀说，他看着照片上那个梳马尾的女孩，那张真诚的脸。

哈珀想到了车里那具被烧焦的尸体，双唇紧紧抿成了一条线。

他暗下决心，决不能让帕米拉·里夫斯被害的案子成为格伦郡的一个不解之谜。

他私下里有过这种想法，鲁比·基恩有可能是自找的，而帕米拉·里夫斯的事则完全不同。如果他曾见过一个好孩子，那就是她。他发誓，不找出杀人凶手决不罢休。

第十一章

一两天后,梅尔切特上校坐在自己的大办公桌后面,他面前是哈珀警司,两人默默地望着对方。哈珀这次来马奇贝纳姆是为了就一些事情进行商榷。

梅尔切特沮丧地说:

"嗯,我们知道目前的进展——或者说没有进展!"

"说没有进展更合适,长官。"

"我们有两起死亡事件要调查,"梅尔切特说,"两起谋杀案。鲁比·基恩和帕米拉·里夫斯。可怜的孩子,没多少东西能证明她的身份,不过也足够了。她父亲已经认出了那只没被烧毁的鞋是她的,还有这颗女童子军制服上的纽扣。极其凶残的案子,警司。"

哈珀警司低声说:

"是这样的,长官。"

"让我稍感宽慰的是,能确定车着火前她已经死了。她被扔在车座上,从躺着的姿态可以推断出来。可怜的孩子,可能是被击中头部。"

"也可能是被勒死的。"哈珀说。

梅尔切特以锐利的目光看着他。

"你这样认为吗?"

"嗯,先生,有这类谋杀案。"

"我知道。我见过那女孩的父母了——那可怜的母亲都快崩溃了。这件事太令人痛苦了。目前我们要弄清的问题是:这两起谋杀案有关联吗?"

"我认为肯定有。"

"我也这么想。"

警司逐条陈述他的观点:

"帕米拉·里夫斯参加了在戴思伯里丘陵举行的女童子军集会。据同伴说,她看起来一切正常,而且很愉快。集会结束后,她没和三个同伴乘公共汽车返回梅德切斯特。她说要经丹尼茅斯去伍尔沃思,然后从那儿乘公共汽车回家。从丘陵地区到丹尼茅斯的公路要在内陆绕一大圈。帕米拉·里夫斯走的是一条捷径,这样她就需穿过两片空旷地,经过一条羊肠小道和一条进入丹尼茅斯的小路,一直到堂皇酒店附近。这条小路其实就在酒店西面。因此,她有可能无意中听到或看到了什么——某些和鲁比·基恩有关的事,这会对凶手构成威胁——比如,她听到凶手约鲁比·基恩当天晚上十一点见面。他发现这个安排被女学生听到了,于是杀人灭口。"

梅尔切特上校说:

"哈珀,你的前提是,杀害鲁比·基恩是有预谋的——不是临时起意。"

哈珀警司表示同意。

"我相信是这样,长官。虽然看上去像另一回事——突发的暴力行为，一时的冲动或嫉妒——但我现在觉得情况并不是这样。否则我不知道该如何解释里夫斯家孩子的死因。如果她是案件的目击者，那应该是在那天很晚的时候，大约晚上十一点左右。这个时间她在堂皇酒店做什么？要知道，九点钟时她父母就开始担心了。"

"还有一个可能性，就是她去丹尼茅斯见一个她父母和朋友都不知道的人，而她的死和另一起死亡毫无关系。"

"不，长官，我不觉得是这样。你看，连那位老妇人——马普尔小姐——都马上想到这两起案件之间有关联。她立刻问烧毁车辆里的尸体是否就是那个失踪的女孩。真是个精明的老妇人。这些老妇人有时候就是这样，你知道的，非常敏锐，一下子抓住要害。"

"马普尔小姐已经不是第一次这样了。"梅尔切特上校冷冷地说。

"另外，还有那辆车，长官。我认为她的死一定和堂皇酒店有关。那是乔治·巴特列特先生的车。"

两人又交换了一个眼神。梅尔切特说：

"乔治·巴特列特？很有可能！你怎么看？"

哈珀条理清晰地陈述他的观点。

"鲁比·基恩最后被人看见时，是和乔治·巴特列特在一起。他说她去了自己房间（从屋里有她之前穿过的衣服这一点可以证实），可她回房间换衣服是不是为了和他一起出去？他们是不是之前就约好了——比如，在晚饭前谈好的，碰巧被帕米拉·里夫斯听到了？"

梅尔切特说："他第二天早上才给他的车报失，而且说得非常含糊，还假装记不起最后看到车的确切时间。"

"那可能是在耍小聪明，先生。照我看来，他要么是个装糊涂的聪明人，要么——就是真的糊涂。"

梅尔切特说："我们要找的是动机。然而目前看来，他没有。"

"是啊——我们每次都卡在这里。动机。据我所知,所有来自布里克思韦尔王宫舞厅的报告也没有任何结果?"

"的确!鲁比·基恩没有特别的男朋友。斯莱克已经彻底查过了——说实话,他查得很彻底。"

"是的,长官。是很彻底。"

"如果真的有什么,他早就查出来了。可什么也没有。他找到一份与她往来最频繁的舞伴的名单,全都逐一查过了,没有问题。都是没有恶意的人,而且都能拿出那天晚上的不在场证据。"

"啊,"哈珀警司说,"不在场证据。这正是我们面临的问题。"

梅尔切特看向他,目光锐利。"是吗?我已经把这方面的调查交给你了。"

"是的,长官。已经查了——非常彻底。我们还请求了伦敦方面的协助。"

"结果如何?"

"康韦·杰弗逊先生也许认为加斯克尔先生和小杰弗逊夫人很富有,但实际上并非如此。他们两个手头都非常拮据!"

"真的?"

"确实如此,长官。事情确实如康韦·杰弗逊先生所说,儿女结婚时,他给了他们相当可观的一笔钱。但那是十多年前的事。小杰弗逊先生自以为精通投资。实际上他并没有做过任何高风险投资,而且运气不佳,一次次判断失误。他的财产在不断减少。我敢说那个寡妇现在根本入不敷出,把儿子送进一家好学校上学都很困难。"

"可她难道没有请求公公帮助她吗?"

"没有,长官。据我判断,她和他住在一起,因此不用负担家庭开支。"

"而他的健康状况很糟，人们觉得他恐怕活不了多久？"

"是这样，长官。再说说马克·加斯克尔先生。他是个彻头彻尾的赌鬼。很快就把他妻子留下的钱挥霍一空。他目前的处境极为窘迫。他急切地需要钱——而且是一大笔钱。"

"我得说，我不喜欢这家伙的样子，"梅尔切特上校说，"看起来很放纵——是不是这样？再说他有充分的动机。两万五千英镑对他来说意味着要除掉那个女孩。没错，这确实是个合理的动机。"

"他们两人都有动机。"

"我没有说杰弗逊夫人。"

"是的，长官，我知道你没有，长官。总之，他们俩都有不在场证明，不可能是他们干的。就是这样。"

"你有他们俩当天晚上活动的详细记录吗？"

"是的，我有。先说加斯克尔先生。他和岳父还有杰弗逊夫人一起吃了晚饭、喝了咖啡，然后鲁比·基恩来了。接着他说要写几封信，就离开了。实际上他去取了车，在酒店前面兜了一圈。他坦率地说自己无法整晚都打桥牌。老男孩过于沉迷玩桥牌。所以写信只是个借口。鲁比·基恩一直和其他人在一起。她和雷蒙德跳舞的时候，马克·加斯克尔回来了。跳舞之后，她又过来和他们一起喝了点儿东西，然后就和小巴特列特一起走了。加斯克尔和其他人分了组，开始打牌。当时的时间是十一点差二十——他午夜之后才离开牌桌。这一点很肯定，先生。每个人都这样说。他的家人、服务员、每一个人。因此不可能是他干的。杰弗逊夫人也有同样的不在场证据。她根本没有离开过牌桌。所以他们可以被排除了，两个人都不可能。"

梅尔切特上校向后靠过去，用裁纸刀敲打着桌面。

哈珀警司说："这个结论的前提是那女孩是午夜之前被害的。"

"海多克是这样说的。在这方面他是警方的专家,能力卓著。如果他说是,那肯定就是。"

"可能还有别的原因——健康、生理特质之类的。"

"我去跟他说。"梅尔切特看了一眼手表,拿起电话要了一个号码。他说:"海多克此刻应该在家里。现在我们假设那女孩是午夜前被害的?"

哈珀说:

"这样我们也许还有机会。那之后还是有人进进出出。假设加斯克尔约那女孩到外面的什么地方见面——比如说在十二点二十分。他溜出去几分钟,勒死她之后再回来,然后再找机会处理尸体——比如清晨。"

梅尔切特说:

"开车把她带到三十多英里外的班特里家的藏书室?行了,这不可能。"

"是的,这不可能。"警司立刻承认。

这时,电话铃响了。梅尔切特接起电话。

"喂,海多克,是你吗?鲁比·基恩。她有没有可能是在午夜之后被害的?"

"我告诉过你,她是在十点到午夜之间被害的。"

"是的,我知道,不过时间可以推后一点儿,嗯?"

"不,不能推后。如果我说了她是午夜之前被害的,那指的就是午夜之前,不要试图篡改医学证据。"

"是的。可会不会有某种生理现象?我想你明白我的意思。"

"我明白你根本不知道自己在说什么。那个女孩非常健康,没有任何异常——我不会这样说她,以便让你绞死一个可怜的替死鬼。不要反驳，我知道你们那一套。顺便说一句，那女孩是在毫不知情的状态下被勒死的——也就是说，她先被下了药。是强力的麻醉剂。她死于窒息，不过之前先被麻醉了。"海多克说完挂断了电话。

梅尔切特沮丧地说："唉，就是这样了。"

哈珀说：

"本以为找到了一个可能的突破口——不过又消失了。"

"那是什么？谁？"

"严格说来，他还是你的人，长官。一个叫巴兹尔·布莱克的人，就住在戈辛顿大宅附近。"

"那个粗鲁的轻狂家伙！"一想起巴兹尔·布莱克的傲慢无礼，上校的脸就沉了下来，"他怎么会和这件事有关？"

"他好像认识鲁比·基恩，而且经常在堂皇酒店吃饭，还和那个女孩跳舞。你还记得找不到鲁比时，乔西是怎么对雷蒙德说的吗？'她没和那个拍电影的男人在一起吧？'我查到她指的是布莱克。你知道，他受雇于莱姆维尔制片厂。当然，乔西这样说并没有什么依据，她只是认为鲁比很喜欢他。"

"有希望了，哈珀，大有希望。"

"其实并没有那么好，长官。巴兹尔·布莱克那天晚上在制片厂参加派对。你知道这类活动。八点钟开始喝鸡尾酒，一直闹到空气浑浊到让人视线模糊，人人都喝得醉醺醺的。据盘问过他的斯莱克警督说，布莱克大约是在午夜时分离开制片厂的，那时鲁比·基恩已经死了。"

"有人能证明他说的话吗？"

"我想，那些人大多数都相当——呃——醉。那个——呃——现在还在别墅的年轻女人——黛娜·李小姐——认为他说的是实情。"

"这不说明任何问题！"

"是的,长官,可能是这样。根据参加派对的其他人的证词,他说的是实话,只是时间上有些含混不清。"

"制片厂在哪里?"

"莱姆维尔,长官,伦敦西南方向三十英里。"

"嗯——和到这儿的距离差不多?"

"是的,长官。"

梅尔切特上校揉了揉鼻子,非常不高兴地说:

"看来我们可以排除他了。"

"我想是的,长官。没有证据表明他确实被鲁比·基恩吸引。事实是,"哈珀警司古板地清了清嗓子,"他好像正迷恋于他的年轻小姐。"

梅尔切特说:

"那么,只剩下X先生,一个不为人知的谋杀者——隐秘得连斯莱克都没发现他的蛛丝马迹!或者是杰弗逊的女婿,他可能想干掉那个女孩——但苦于没有机会。儿媳妇也是一样。又或者是乔治·巴特列特,他没有不在场证据——可不走运的是,他没有动机。还有可能是年轻的布莱克,他有不在场证据,也没有动机。就这些了!不,慢着,我想我们还应该考虑一下那个跳舞的——雷蒙德·斯塔尔。毕竟他经常和那女孩见面。"

哈珀慢吞吞地说:

"我不觉得他对她有太大的兴趣——否则的话,他就是一个异常出色的演员。再说,他实际上也有不在场证据。从十一点差二十直到午夜,他一直在众目睽睽之下和不同的舞伴跳舞。我看我们无法起诉他。"

"实际上,"梅尔切特上校说,"我们无法起诉任何人。"

"乔治·巴特列特是我们最大的希望——如果我们能找到动机的

话。"

"你查过他了?"

"是的,长官。他是家里的独子,被他的母亲娇生惯养。一年前她去世时给他留下相当大一笔钱。他很快就把钱花光了。这人很软弱,但并不邪恶。"

"或许是精神上的。"梅尔切特满怀希望地说。

哈珀警司点点头,说:

"你有没有想过,这也许可以解释整个案情?"

"你的意思是,精神病犯罪?"

"是的,长官。有一些那样的人专门勒死年轻女孩。对此,医生有很长的专业术语。"

"这可以解决我们的所有问题。"梅尔切特说。

"这个解释只有一点让我不太喜欢。"哈珀警司说。

"是什么?"

"太简单。"

"嗯——是的——也许。那么,像我一开始说的,我们目前进展如何?"

"没有任何进展,长官。"哈珀警司说。

第十二章

1

康韦·杰弗逊从睡梦中醒来,舒展了一下身体。他伸开长而有力的双臂,那次事故之后,他身体的所有力量似乎都集中到了双臂上。

清晨柔和的光线透过窗帘照进来。

康韦·杰弗逊露出了微笑。在一夜的休息之后醒来,他总是觉得心情愉快、精神饱满,又恢复了活力。新的一天!

他就这样躺了一会儿,然后抬手去按那个专用的铃。突然,一阵记忆吞没了他。

爱德华兹敏捷无声地走进屋里,听到主人在呻吟。

爱德华兹拉窗帘的手停了下来,问道:"你是不是哪里感觉疼痛,先生?"

康韦·杰弗逊粗声粗气地说:

"没有,继续做你的事,把它拉开。"

明亮的光线立刻涌了进来。爱德华兹非常体贴地没去看他的主人。

康韦·杰弗逊表情冷漠,躺在那里回忆着、思考着。他眼前又浮现出鲁比那张漂亮而乏味的面孔。不过他的脑子里并没有使用"乏味"这个形容词。前一天晚上,他还会说那是单纯。一个天真、单纯的孩子!可现在呢?

一阵倦意袭来,康韦·杰弗逊闭上了眼睛,低语着:

"玛格丽特……"

那是他过世妻子的名字。

2

"我喜欢你的朋友。"艾黛莱德·杰弗逊对班特里夫人说。

她们正坐在阳台上。

"简·马普尔是个不同寻常的女人。"班特里夫人说。

"人也很好。"艾迪微笑着说。

"有人说她喜欢散布丑闻,"班特里夫人说,"可她其实不是这样。"

"她只是对人性不抱乐观态度?"

"你可以这么说。"

"现在觉得精神多了,"艾黛莱德·杰弗逊说,"那件事情真是带来不少困扰。"

班特里夫人锐利的目光看向她。

艾迪辩解道:

"那么高的评价——把一个卑微的东西理想化!"

"你是在说鲁比·基恩?"

艾迪点点头。

"我不是有什么恶意,她本人也没有坏心。可怜的小耗子,必须为自己想得到的东西而奋斗。她并不坏。平庸、愚蠢,不过天性不坏,只是下定决心想要骗钱。我并不认为她刻意策划或者预谋了什么,她只是迅速抓住了机会,并且知道如何去吸引一个——呃——孤独的老人。"

"我想,"班特里夫人若有所思,"康韦很孤独吧?"

艾迪不安地动了一下,说:

"今年夏天——是的。"她犹豫了一会儿,又忽然开口说,"马克会觉得这都是我的错。也许吧,我不知道。"

她沉默了一会儿,又抑制不住想说话的冲动,于是艰难地、很不情愿地开口说道:

"我——我的生活很不顺。我的第一个丈夫迈克·卡莫迪在我们婚后不久就去世了——当时我几乎垮掉了。你知道,彼得是遗腹子。弗兰克·杰弗逊是迈克的好朋友,所以我们常见面。他是彼得的教父——这是迈克所希望的。我非常喜欢他——而且——哦!也很遗憾。"

"遗憾?"班特里夫人显然很感兴趣,追问道。

"是的,就是这样。这听起来很奇怪。弗兰克要什么有什么。他的父母亲对他好得无以复加。可是——该怎么说呢?你看,杰弗逊先生个性太强。和他共同生活,你就不可能有自己的个性。弗兰克就是这样认为的。

"我们结婚后他很快乐——非常快乐。杰弗逊先生很慷慨,他给了弗兰克一大笔钱——说他希望孩子们能独立,不需要等到他死后才能得到这些钱。他真是太好了——那么慷慨。但这一切太突然了。他应该一步步地让弗兰克逐渐适应独立。

"弗兰克因此昏了头。他想和他的父亲一样出色,善于理财、照料生意,有远见,而且成功。当然,他没做到。他并没有拿那笔钱去投机,却在错误的时间把它投到了错误的地方。那太可怕了,要知道,如果你不善于理财,钱会流失得非常快。损失越多,弗兰克就越想一举捞回来,于是情况越来越糟。"

"可是,亲爱的,"班特里夫人说,"难道康韦不会给他一些建议吗?"

"他不想听。他只想靠自己的能力做好。因此我们从没告诉过杰弗逊先生。弗兰克死的时候,留下的钱很少——只给我留下很少的收入。我——我一直没让他父亲知道。你看——"

她突然回过头。

"如果告诉他,我会觉得自己背叛了弗兰克,弗兰克也一定会不高兴。杰弗逊先生病了很长时间。康复后,他以为我是一个非常富有的寡妇。我一直没告诉他,这事关荣誉。他知道我精打细算——不过他对此很赞成,觉得我是节俭的人。当然,从那以后彼得和我实际上和他住在一起,生活开支都由他负责,所以我不必担心。"

她慢慢地说:

"这些年来,我们一直像一家人——只是——只是——你明白(或是不明白?)在他看来,我从来就不是弗兰克的遗孀——而是弗兰克的妻子。"

班特里夫人领会了其中的含义。

"你是说他从没接受他们的死?"

"是的。他其实非常了不起,但他是靠着拒绝承认死亡的方式来克服自己的痛苦。马克是罗莎蒙德的丈夫,我是弗兰克的妻子,虽然弗兰克和罗莎蒙德实际上已经不和我们在一起了——但他们依然存在。"

班特里夫人轻轻地说:

"真是不同寻常的忠诚。"

"我知道。生活在继续,我们就这样过了一年又一年。可是突然——就在今年夏天——我觉得有问题了。我感觉——感觉到了叛逆。这样说很可怕,可我不愿意再去想弗兰克了!一切都过去了——我和他的爱以及伴侣情分,还有他死后留给我的悲伤。这些都曾经存在过,而现在不再继续了。

"这种感觉很难描述。就像是抹掉一切,重新开始。我想成为我自己——艾迪,我年轻、健康,可以玩乐、游泳、跳舞——是一个活生生的人。还有雨果——你认识雨果·麦克莱恩吗?他是个可亲的人,想和我结婚。不过,我当然没有认真考虑过。可是今年夏天,我真的开始考虑这件事了——并不是认真在考虑——只是模模糊糊地……"

她停下来,摇了摇头。

"所以我想这是真的。我忽略了杰夫。并不是说真的忽略了他,只是我的心神不在他身上了。看到鲁比能让他开心,我很高兴。这能让我更自由地去做自己想做的事。我做梦也没想到——当然没想到——他会如此——如此——为她着迷!"

班特里夫人问:

"当你发觉以后又怎么样了呢?"

"我惊呆了——完全惊呆了!而且,恐怕还很生气。"

"我也会生气。"班特里夫人说。

"你知道,还有彼得。彼得的将来全靠杰夫了。杰夫实际上把他看成自己的孙子,或者这只是我一相情愿。他当然不是他的孙子,甚至连亲人都不是。一想到他将——被剥夺继承权!"她那双搁在膝盖上的漂亮结实的手微微颤抖,"这事给人的感觉就是这样——那个粗俗的、一心想发财的蠢货——哦!我真该杀了她!"

她痛苦地停了下来，漂亮的淡褐色眼睛中带着乞求般的惊恐，她看着班特里夫人，说：

"这事说起来真可怕！"

雨果·麦克莱恩从她们背后悄无声息地走过来，问道：

"什么事说起来真可怕？"

"坐下，雨果。你认识班特里夫人，对吧？"

麦克莱恩已经和她打过招呼了。他执著地低声问道：

"什么事说起来真可怕？"

艾迪·杰弗逊说：

"我希望我杀了鲁比·基恩。"

雨果·麦克莱恩想了一会儿，然后说：

"不，如果我是你，便不会这么说。这可能会造成误解。"

他那双沉静发亮的灰眼睛意味深长地看着她。

他说：

"你行事要小心，艾迪。"

语气中带有警告的意味。

3

几分钟后，马普尔小姐从酒店里出来找班特里夫人，雨果·麦克莱恩和艾黛莱德·杰弗逊则沿着小路一起朝海边走去。

马普尔小姐坐下后说：

"他似乎非常执著。"

"已经执著了很多年了！他是那种男人。"

"我知道。和伯里少校一样。他追求一位英印混血寡妇，追了有十年。成了她朋友圈里的笑柄！最后她终于同意了——然而，在离结婚还有十天的时候，她和司机私奔了！那也是个非常好的女人，做事一向稳重。"

"人有时候确实会做些奇怪的事。"班特里夫人表示同意，"简，你刚才要是在场就好了。艾迪·杰弗逊跟我说了她的一切——她丈夫如何败光了所有的钱，还一直不让杰弗逊先生知道。然后又说今年夏天，她觉得一切都变了——"

马普尔小姐点点头。

"是的。我想她开始反叛了，不愿意继续被迫生活在过去。毕竟，任何事情都有期限。你不能永远坐在与世隔绝的屋子里。我估计杰弗逊夫人拉开了窗帘，脱掉了寡妇的丧服。当然，她公公很不高兴。他觉得自己被忽略了，不再受到重视，不过我认为他根本没意识到是谁造成了这样的后果。总之，他对此肯定很不高兴。所以，像巴杰尔老先生一样，妻子开始学习招魂术时，他也开始等待时机。任何一个愿意认真听他说话的漂亮姑娘都可以。"

"你有没有想过，"班特里夫人问，"是她的表姐乔西刻意安排她来的？也就是说，这是有预谋的？"

马普尔小姐摇摇头。

"不，我完全不这么看。我觉得乔西的头脑还不足以预测人的反应。她在这方面很迟钝。她很精明实际，但眼界狭隘，不可能预见未来，而且常常被事情的发展弄得手足无措。"

"似乎每个人都对此手足无措。"班特里夫人说，"艾迪——显然还有马克·加斯克尔。"

马普尔小姐笑了。

"我敢说他有自己的目标。一个胆大妄为的家伙！眼神闪烁不定。

无论以前多爱他妻子，他都不是那种能服丧鳏居几年的男人。我认为，在老杰弗逊先生永恒记忆的束缚下，这两个人都不很安分。

"只是，"马普尔小姐用嘲讽的语气补充了一句，"对男人来说显然更容易些。"

4

就在这时，马克与亨利·克利瑟林爵士的谈话证实了这个判断。

马克以他特有的坦率直奔问题的核心。

"我刚刚才知道，"他说，"我是警方的头号嫌疑人！他们正在调查我的财务困境。你知道，我破产了，或者说几乎破产。如果亲爱的老杰夫像预期的那样在一两个月后去世，艾迪和我也能如预期的那样分到财产，那就平安无事了。实际上，我欠了很多债……如果垮了，就会不可收拾。如果能避免，情况就会完全不同——到时我会出人头地，成为一个富翁。"

亨利·克利瑟林爵士说：

"你是个赌鬼，马克。"

"一直都是。敢冒任何风险——这就是我的座右铭！是的，有人勒死了那个孩子，对于我是件幸运的事。这不是我干的。我没有杀人。我想我也杀不了任何人。我太随和了。不过我恐怕无法让警方相信这一点！我只能指望犯罪调查员的结果对我有利。我有动机，也在场，我没有道德规范的约束！无法想象我现在居然不是在监狱里！那个警司的眼神非常凌厉。"

"你有个有用的东西，不在场证据。"

"不在场证据是世界上最脆弱的东西！无辜的人从来都没有不在场

证据！而且，现在完全依靠死亡时间，或类似的东西。我敢肯定，如果有三个医生说那女孩是在午夜被杀的，那么至少可以找到六个医生发誓说她是清晨五点被害的——我那个时间的不在场证据又在哪里？"

"无论如何，拿它开玩笑还是可以的。"

"非常粗俗，是不是？"马克开心地说，"实际上，我非常害怕。这人——和谋杀有关！别以为我不为老杰夫难过。我很难过。不过比起查清她的底细，这个结果其实更好——虽然对他的打击很大。"

"你这是什么意思，查清她的底细？"

马克眨了眨眼。

"那天晚上她去了哪里？我敢打赌，她肯定是去见一个男人，赌什么都可以。杰夫不会高兴的，肯定不会高兴。如果他发现她在欺骗他——发现她不是那个表面天真无邪的小女孩——呃——我岳父是个性情古怪的人。他有着极强的自制力，不过那种自制力也会崩溃。到时候——可要小心了！"

亨利爵士好奇地看了他一眼。

"那你喜不喜欢他？"

"我很喜欢他——不过同时又恨他。这么说不知道你能不能明白，康韦·杰弗逊这个人喜欢控制周围的一切。他是一位君主，善良、慷慨、仁慈——但要由他来定基调，其他人都得跟着他的节奏舞蹈。"

马克·加斯克尔停了一下，继续说道：

"我爱我妻子，再也不会对任何人有那样的感觉。罗莎蒙德是阳光、欢笑和鲜花，她死的时候我觉得自己就像一个在场上被击倒的拳手。可事到如今，裁判倒数的时间已经太长了。毕竟，我是个男人。我喜欢女人。我不想再结婚了——完全不想。嗯，这样就很好。我得小心谨慎——不过，日子过得也不错。可怜的艾迪就不行了。艾迪是一个真正的好女人,是那种男人愿意娶她、而不仅仅是一起上床的女人。哪怕给她一半的机会,她就会再结婚——会很快乐,而且让对方也很快乐。然而老杰夫总把她视为弗兰克的妻子——并且迫使她也这么想。他自己不知道,但这让我们感觉像在坐牢。很久以前,我就悄悄越狱了。艾迪今年夏天也逃出来了——带给他不小的震动。他的世界垮了。结果是——鲁比·基恩。"

他情不自禁地唱道:

> 可是她在坟墓里,哦,
> 和我大相径庭!

"来吧,我们去喝一杯,克利瑟林。"
亨利爵士想,要是马克·加斯克尔不被警方怀疑,那才怪呢。

第十三章

1

梅特卡夫医生是丹尼茅斯最著名的外科医生之一。他对病人谦和有礼,总能让病房里的气氛轻松愉快。是个嗓音温和悦耳的中年人。

他仔细聆听哈珀警司说话,并且平和准确地回答他的问题。

哈珀说:

"梅特卡夫医生,这么说,我可以确定杰弗逊夫人的话是真实的?"

"是的,杰弗逊先生的健康状况不稳定。近几年,他一直在无情地驱赶自己。他要和其他人过一样的生活,因此生活节奏比健康的同龄人快得多。他拒绝休息、放松、慢节奏——完全不接受我和他的医疗顾问提出的任何建议。结果,他成了一台过度使用的机器。他的心脏、肺、血压全都超负荷。"

"你是说杰弗逊先生完全听不进别人的话?"

"是的。我没有责备过他,我从不对病人说这样的话,警司,但是一个人与其荒废,确实还不如忙得筋疲力尽。我的很多同事都是这样,而且我知道这个方法并不坏。在丹尼茅斯这样的地方,人们看到的大都是另一种情况:患病的人牢牢地抓住生命,他们害怕让自己过于劳累,害怕流动的空气和四处散落的细菌,甚至连吃一顿饭都会犹豫不决!"

"我觉得确实如此。"哈珀警司说,"这就是说,从身体方面来看,康韦·杰弗逊还很健壮——或者应该说肌肉强壮。对了,他精神好的时候可以做什么?"

"他的手臂和肩膀力量很强。空难之前他就是个很强健的人。他可以灵巧地操纵轮椅,依靠拐杖可以自己在房间里活动——比如从床挪到椅子上。"

"像杰弗逊先生这样受过伤的病人不能安假肢吗?"

"他不行。他的脊椎骨被损坏了。"

"原来是这样。我再总结一下。从体格方面来看,杰弗逊健康强壮。他自己感觉很好,是这样吗?"

梅特卡夫夫点点头。

"但他的心脏状况不好。任何紧张或劳累、震惊、惊恐都可能导致他猝死。是这样吗?"

"基本是这样。过度的劳累正在慢慢杀死他,因为他疲劳的时候也不休息。这让他的心脏更加恶化。疲劳不可能导致他猝死,但突如其来的震惊或者惊恐则很容易导致这种结果。因此我已经明确提醒过他的家人。"

哈珀警司慢慢地说:

"然而,事实上震惊并没有夺走他的生命。医生,我的意思是,他还活着,不可能有比这更令人震惊的事了,对吧?"

梅特卡夫医生耸耸肩。

"我知道。不过，警司，如果你有我的经验，就会知道很多病例确实无法准确预测。本该死于震惊和寒冷的人，却没有因震惊和寒冷而死等等，不胜枚举。人体比我们想象中的要坚韧得多。而且，从我的经验来看，身体上的打击通常比精神上的打击更加致命。简单地说，与得知自己喜爱的女孩死于非命相比，突然的摔门声对杰弗逊先生来说更加致命。"

"这是为什么呢？"

"突如其来的消息通常都能引起听者的防御性反应，让听者麻木。起初，他们无法接受。需要一点儿时间彻底弄清事情的原委。可是砰的摔门声、从壁橱里突然跳出一个人、过马路时一辆车疾驰而过——这些都是即发行为。用外行的话讲——吓得心都快跳出来了。"

哈珀警司慢慢地说：

"不过每个人都知道，那女孩的死所带来的震惊或许会轻易要了杰弗逊先生的命？"

"哦，很容易。"医生好奇地看着对方，"你不会是想——"

"我不知道我在想什么。"哈珀警司恼怒地说。

2

"然而你必须承认，长官，这两件事非常吻合，"稍晚时候他这样告诉亨利·克利瑟林爵士，"一石二鸟。先是那个女孩——她的死同时会带走杰弗逊先生——在他有机会更改遗嘱之前。"

"你认为他会更改遗嘱？"

"这个你应该比我更清楚，长官。你认为呢？"

"我不知道。鲁比·基恩出现之前,我无意中得知他已经把钱留给了马克·加斯克尔和杰弗逊夫人。我不理解他现在为什么要改变主意,不过当然有可能这样做。也许他会把钱留给某个动物收容所,或是捐助给年轻的职业舞蹈演员。"

哈珀警司表示同意。

"你永远猜不到一个男人的脑子里究竟装了什么——尤其是他处理钱财而不必考虑道德义务的时候。这件事的背景是他们没有血缘关系。"

亨利爵士说:

"他喜欢那个男孩——小彼得。"

"你觉得他把彼得视为自己的孙子吗?这一点你比我更清楚,长官。"

亨利爵士慢慢说:

"不,我不这么认为。"

"还有一件事想问你,长官。我个人无法判断。可他们是你的朋友,所以你知道。我很想了解一下,杰弗逊先生到底有多喜欢加斯克尔先生和小杰弗逊夫人。"

亨利爵士皱起眉头。

"我不能确定你究竟是什么意思,警司?"

"呃,是这样的,长官。抛开他们之间的关系不谈,如果他们是普通人,他有那么喜欢他们吗?"

"啊,我懂你的意思了。"

"是的,长官。没有人怀疑他非常依恋他们两个——但是,在我看来,他依恋他们是因为他们分别是他女儿的丈夫和儿子的妻子。不过,如果他们之中有谁再婚呢?"

亨利爵士想了想，说：

"你提的这个问题很有意思。我不知道。我倾向于怀疑——这只是一种看法——这会使他的态度有很大改变。他会祝福他们，不会心存怨恨，不过我认为，他也不会对他们有更多的兴趣。"

"对两个人都是这样吗，长官？"

"我想是的。对加斯克尔先生的态度几乎可以肯定是这样，而且我认为对杰弗逊夫人也是如此，不过不这么肯定。我觉得他很喜欢她。"

"这和性别有关。"哈珀警司故作聪明地说，"对杰弗逊先生来说，把她当女儿比把加斯克尔先生当儿子更容易。反过来也一样。女人很容易接受女婿，而很少把儿媳看成女儿。"

哈珀警司继续说：

"长官，你介意和我一起沿着这条小路去网球场吗？我看见马普尔小姐坐在那里。我想请她帮个忙，事实是，我想请你们两个都来。"

"什么事，警司？"

"弄到一些我弄不到的消息。我想请你代我去查问爱德华兹，长官。"

"爱德华兹？你想从他那里知道些什么？"

"任何你能想到的事！他知道的一切以及他的想法！关于各个家庭成员之间的关系，他对鲁比·基恩这件事的看法，内部信息。他比任何人更了解事情的来龙去脉——他肯定知道！他不会对我说，但他会跟你说。我们也许能因此发现什么。当然，如果你不反对的话。"

亨利爵士严肃地说：

"我不反对。我匆忙赶到这里就是为了弄清真相。我会尽最大努力。"

他又补充道：

"你想让马普尔小姐怎么帮你呢?"

"是几个女孩,女童子军。我们已经找来了六个左右,都是帕米拉·里夫斯生前来往最密切的好友。她们很可能知道些什么。你看,我一直在想,如果那女孩真的要去伍尔沃思,她应该会找另一个女孩和她一起去。女孩通常喜欢一起结伴购物。"

"是的,我想确实如此。"

"所以我觉得伍尔沃思可能只是个借口。我想知道这个女孩真正去了什么地方。她可能会无意中透露了什么。如果是这样,若是有人能从这些女孩身上问出来,那人应该是马普尔小姐。我得说,她比较了解女孩——比我了解。再说,这些女孩害怕警察。"

"听起来,马普尔小姐最善于处理乡下的地方性案件。你知道,她非常敏锐。"

警司笑了,他说:

"你说得对。几乎没什么事能逃过她的眼睛。"

马普尔小姐看见他们过来,抬起头热情地打招呼。听了警司的要求,她答应了。

"我非常愿意帮忙,警司,而且我觉得我应该能做点儿什么。凡是关于主日学校、小女童子军和我们的女童子军,附近的孤儿院的事——你知道,我是委员会的成员,经常和主妇交流——还有仆人——通常是非常年轻的女佣。我一眼就能看出一个女孩什么时候在说真话,什么时候在说假话。"

"你是真正的专家。"亨利爵士说。

马普尔小姐责备地看了他一眼,说:

"哦,请不要取笑我,亨利爵士。"

"我做梦也不敢取笑你,相反,你取笑我的时候倒是很多。"

"在乡下，见到的邪恶之事确实很多。"马普尔小姐低声解释。

"顺便说一句，"亨利爵士说，"我查清了上次你向我提出的问题。警司告诉我，鲁比的废纸篓里有剪下的指甲。"

马普尔小姐一边思考，一边说：

"是吗？那么就是……"

"你为什么想知道这件事，马普尔小姐？"警司问。

马普尔小姐说：

"是这样——呃，看到尸体时，我觉得有什么地方不对劲儿。不知怎么的，她的手看起来不对。起初我想不出是怎么回事。后来我明白了，习惯浓妆艳抹的那种女孩通常都会留长指甲。当然，我知道女孩们喜欢咬指甲——这个习惯很难改。不过虚荣心常常能起作用。我当时还以为这女孩还有这个毛病。后来那个小男孩——就是彼得——从他的话里我知道了以前她是留长指甲的，只不过因为钩住了东西而断裂了。这样的话，她应该会把其他的指甲都剪齐。所以我问起指甲的事，亨利爵士答应去查一查。"

亨利爵士说：

"你刚才说：'看到尸体时，我觉得有什么地方不对劲儿。'还有别的吗？"

马普尔小姐用力点了点头。

"哦，是的！"她说，"就是那件衣服，实在太不对劲儿了。"

两个男人都好奇地看着她。

"这又是为什么？"亨利爵士问。

"嗯，你看，那是件旧衣服。乔西说得很肯定，我也亲眼看到了，那件衣服很廉价，很旧。这完全不对劲儿。"

"我看不出这有什么不对劲儿。"

马普尔小姐的脸有点儿红了。

"问题在于,我们是不是认为鲁比·基恩换了衣服是打算去见某个人,也许就是我的小侄子们所说的'心上人'?"

警司的目光闪烁了一下。

"那是推测。她有个约会——和人们常说的男朋友的约会。"

"那么,"马普尔小姐追问道,"她为什么穿了一件旧衣服?"

警司挠了挠头,说:

"我明白了。你的意思是说,她应该穿一件新衣服?"

"我认为她应该穿上她最好的衣服。女孩们都这样。"

亨利爵士插话道:

"是的,不过你看,马普尔小姐。我们假设她是出去约会了。她或许会乘敞篷车,或许会选一条不太好走的小路散步。她不想把新衣服弄坏,于是穿了件旧的。"

"这是明智的做法。"警司表示同意。

马普尔小姐转向他,立刻反驳道:

"明智的做法应该是换上长裤和外套,或者花呢衣服。这个(当然,我不想太势利,不过这次恐怕很难避免),这是女孩——我们这个阶层的女孩的正常做法。

"一个有教养的女孩,"马普尔小姐继续这个话题,"总是会特别注意在适当的场合穿适当的衣服。我的意思是,无论天气多热,一个有教养的女孩决不会穿着丝绸花裙子出现在赛马场。"

"那么和恋人约会时合适的打扮应该是什么?"亨利爵士追问道。

"如果是在酒店或某个穿晚礼服的场合见面,她会穿上她最好的晚礼服。当然,如果在外面约会,穿晚礼服会显得滑稽,所以她会穿上她最漂亮的运动装。"

"那是时装模特的做法,但是鲁比这个女孩——"

马普尔小姐说:

"鲁比,当然——坦率地说——鲁比不是个淑女。她那个阶层的女孩在任何场合都会穿上她们最好的衣服,不管合不合适。你知道,去年我们去斯克兰特尔礁野餐。女孩们的打扮真是让人大开眼界。丝绸的花衣裙,与众不同的鞋子,精致优雅的帽子。她们穿着这些衣服爬上山石,穿梭于金雀花和石南属植物之间。年轻的先生们则穿着他们最好的西服。当然,徒步旅行又不同,这种场合的着装是有规定的——女孩们却似乎没意识到,除非身材非常苗条,否则穿短裤是非常不雅观的。"

警司慢慢地说:

"而你认为鲁比·基恩——"

"我认为她会一直穿着她之前穿的那件——她那件最好的粉红色裙子。除非有更新的,否则她应该不会换掉。"

哈珀警司说:

"那么,你的解释是什么,马普尔小姐?"

马普尔小姐说:

"我没有解释——目前还没有,不过我总觉得这事很重要……"

3

在四周安着围栏的网球场里,雷蒙德·斯塔尔的网球课快结束了。

一个矮胖的中年妇女说了几句表示感谢的话,拾起天蓝色的羊毛开衫,向酒店走去。

雷蒙德对着她的背影嚷了几句轻松的客套话。

他转身朝长凳上坐着的三个观众走来。手中网球袋里的球摇晃着，球拍夹在腋下。现在，他脸上那欢快的表情像被擦掉一样忽然消失了。他看上去疲惫而焦虑。

他走近长凳，说："结束了。"

笑意在他脸上绽开，迷人、孩子气、富有表现力，与他晒黑的脸庞和轻巧自如的优雅恰到好处地融为一体。

亨利爵士不禁在心里猜测他有多大年纪。二十五、三十、三十五？无法判断。

雷蒙德轻轻摇着头说：

"她永远也打不好，你知道。"

"这对你来说一定很乏味。"马普尔小姐说。

雷蒙德说：

"是的，有时候是这样。特别是夏末。想起酬金会让你振奋一下，但即使钱也不能激发你的想象力！"

哈珀警司站了起来，忽然说：

"我半小时后再来找你，可以吗？"

"没问题，谢谢。我会准备好的。"

哈珀离开了。雷蒙德站在原地望着他的背影，说："我能在这里坐一会儿吗？"

"坐吧。"亨利爵士说，"抽烟吗？"他拿出烟盒递过去，同时想着自己为什么对雷蒙德·斯塔尔存有偏见。只是因为他是一个职业网球教练和舞蹈演员？如果是，那也不是因为网球——而是跳舞。亨利爵士和大多数英国人一样，认为舞姿太好的男人都不可靠。这个家伙的舞姿太优雅了！雷蒙——雷蒙德——哪个是他的名字？他突然提出这个问题。

对方似乎觉得这很有趣。

"雷蒙是我最初工作用的名字。雷蒙和乔西——看,很有西班牙风情。后来,因为这里对外国人有偏见,我就成了雷蒙德——非常英国化——"

马普尔小姐说:

"你的真名完全不同吗?"

他对她笑了笑。

"事实上,我的真名是雷蒙。我祖母是阿根廷人,你知道——"怪不得他臀扭得那么好,亨利爵士想,"但我的第一个名字是托马斯。平凡得令人乏味。"

他转向亨利爵士。

"你是从德文郡来的,是吗,先生?从斯塔内?那边有我认识的人。在阿尔斯蒙斯顿。"

亨利爵士兴奋起来。

"你是阿尔斯蒙斯顿的斯塔尔家族的?我真没想到。"

"是的——我知道你不会想到。"

他的声音里有一丝苦涩。

亨利爵士尴尬地说:

"运气不好——呃——诸如此类的。"

"你是说那块地在属于家族三百年之后被卖掉了?是的,非常不幸。不过,我想,我们这样的人还是得生存。我们的生命比自身的价值更长。我哥哥去了纽约,从事出版业——干得不错。我们其他人分散到了各地。现在,如果你只接受过公共学校的教育,要找一份工作是很难的。运气好的话,有时候可以在酒店做接待员。领带和礼貌在那里是一种资本。我能得到的唯一工作是在一家洁具部做展示员。那里售卖高档的桃子色和柠檬色的瓷浴缸。那个用于展示的浴室非常大,可是我对那些该死的东西的价格或发货时间一窍不通,于是我被解雇了。

"我只会跳舞和打网球。我在里维埃拉的一家酒店找到了一份工作,收入不错。我想我干得也不错。后来,我听说一个老上校——非常老,老得让人不敢相信,是个地道的英国人,总是在谈论浦那^①——找到经理,大声喊道:

"'那个跳舞的男人呢?我要找他。我夫人和女儿想跳舞,你知道。那家伙在哪里?他敲诈了你们多少钱?我要找那个跳舞的男人。'"

雷蒙德继续说:

"这事说起来很傻——但是我干了。我辞掉工作,来到这里。虽然挣得比以前少,但工作很愉快。我的工作主要是教那些永远、永远、永远都学不会的胖女人打网球。还有和那些富有的顾客的女儿跳舞。她们在舞会上往往是没有舞伴的姑娘。嗯,我想这就是生活。请原谅今天这不走运的倒霉事!"

他大笑起来,露出雪白的牙齿,眼角向上扬起。他突然看起来健康、快乐、充满活力。

亨利爵士说:

"很高兴和你聊天。我一直想和你谈谈。"

"关于鲁比·基恩?我帮不了你,你知道。我不知道谁杀了她。她的事我知道得很少。她从来不跟我说心事。"

马普尔小姐说:"你喜欢她吗?"

"不是特别喜欢,也没有不喜欢。"

他的声音透着无所谓和不感兴趣。

---

①浦那(Poona),印度西部马哈拉施特拉邦工业城市。

亨利爵士问：

"那你没什么话要说了？"

"恐怕没有了……如果有的话我早就告诉哈珀了。在我看来这是一件再普通不过的事！是那种不值一提的、卑鄙的小犯罪——没有线索，没有动机。"

"有两个人有动机。"马普尔小姐说。

亨利爵士锐利的目光看向她。

"真的？"雷蒙德似乎很惊讶。

马普尔小姐目不转睛地盯着亨利爵士，他极不情愿地说：

"她的死可能给杰弗逊夫人和加斯克尔先生带来五万英镑的利益。"

"什么？"雷蒙德似乎真的大吃一惊——不仅仅是吃惊——而且很不安，"哦，可是这太荒唐了——绝对荒唐——杰弗逊夫人——他们两个谁都不可能——和这件事有关。这样想实在太不可思议了。"

马普尔小姐咳了一声，轻轻地说：

"我觉得，恐怕是你太理想主义了。"

"我？"他大笑起来，"不是我！我是个没心没肺、玩世不恭的人。"

"金钱，"马普尔小姐说，"是个非常强烈的动机。"

"也许吧。"雷蒙德激动地说，"不过他们两个谁都不会冷酷地勒死一个女孩——"他摇了摇头。

然后，他站了起来。

"杰弗逊夫人来了，来上课。她迟到了。"他的声音听起来很有趣，"迟到了十分钟！"

艾黛莱德·杰弗逊和雨果·麦克莱恩正沿着小路匆匆向他们走来。

杰弗逊夫人微笑着为迟到致歉，接着走向球场。麦克莱恩在长凳上坐下。他礼貌地问过马普尔小姐是否介意,征得同意后点燃了烟斗,默默地抽了几分钟,有些不满地看着网球场上的两个白色身影。

然后他说:

"不明白艾迪为什么要上课。好玩,是的。没有人比我更喜欢玩,可为什么要上课呢?"

"想玩得更好。"亨利爵士说。

"她打得不错。"雨果说,"总之够好了。见鬼,她又不参加温布尔登比赛。"

他沉默了一两分钟,又说:

"这个叫雷蒙德的家伙是谁?这些职业教练是从哪儿来的?那家伙像个意大利人。"

"他是德文郡斯塔尔家族的人。"亨利爵士说。

"什么?不可能吧?"

亨利爵士点点头。这个消息显然让雨果·麦克莱恩非常不快。他比刚才更生气了。

他说:"不知道艾迪为什么让我来。她似乎丝毫没有受到这件事的影响!气色从没这么好过。为什么叫我来?"

亨利爵士有些好奇地问:

"她什么时候叫你来的?"

"哦——呃——这些事发生以后。"

"你是怎么听说的?电话还是电报?"

"电报。"

"出于好奇——请问电报是什么时候发的?"

"呃——我不知道确切的时间。"

"你是什么时候收到的?"

"其实我没有收到，事实上——是她打电话给我的。"

"哦，你当时在哪里？"

"事实上，我前一天下午就离开伦敦了，当时我在戴恩伯里角。"

"呃——离这儿很近？"

"是的，很滑稽，是不是？听到消息时我刚打完一场高尔夫，立刻就赶来了。"

马普尔小姐若有所思地看着他，后者显得焦躁不安。她说："我听说戴恩伯里角这个地方相当不错，而且还不算太贵。"

"不，不贵。贵了我也支付不起。那是一个漂亮的小地方。"

"我们一定要找个时间开车过去看看。"马普尔小姐说。

"嗯？什么？哦——呃——是的，我会的。"他站起来，"运动一下是很好的——能有胃口。"

他说完便僵硬地走开了。

"女人，"亨利爵士说，"对她们忠实的仰慕者太不公平了。"

马普尔小姐笑了，但没有搭腔。

"你是不是没想到他这么乏味？"亨利爵士问，"我很有兴趣知道。"

"也许想法比较保守。"马普尔小姐说，"但很有潜力，我认为——哦，确实很有潜力。"

亨利爵士也站了起来。

"我该去办我的事了。我看见班特里夫人正走过来，要和你们做伴。"

4

班特里夫人气喘吁吁地走来，坐下喘了口气。

她说：

"我刚才一直在和酒店女仆聊天。可是一点儿帮助都没有。我没有发现任何新东西!你觉得那个女孩真的能暗地里和人来往,谁都不知道吗?"

"这一点很有意思,亲爱的。我觉得显然不可能。如果她确实在和什么人来往,就肯定会有人知道,但是她的做法一定很聪明。"

班特里夫人的注意力转向网球场,她赞赏地说:

"艾迪的球技很有长进。那个职业网球手是个迷人的年轻人。艾迪也很漂亮。她仍然是一个有吸引力的女人——如果她再婚,我一点儿都不会惊讶。"

"杰弗逊先生死后,她还会成为一个富有的女人。"马普尔小姐说。

"哦,简,不要总是心存恶意!为什么你还没解开这个谜团?我们似乎一点儿进展都没有。我本以为你很快就能解决它。"班特里夫人的语气里有责备之意。

"不,不,亲爱的。我并不是立刻就知道的——而是过了一段时间。"

班特里夫人吃惊地转过身,用不敢相信的眼神看着她。

"你是说你现在知道是谁杀了鲁比·基恩?"

"哦,是的。"马普尔小姐说,"我知道!"

"可是,简,是谁?快告诉我。"

马普尔小姐坚决地摇摇头,紧紧闭上双唇。

"对不起,多莉,可我不能告诉你。"

"为什么?"

"因为你很不谨慎。你会告诉每一个人——即使不说,你也会暗示。"

"不,不会的。我谁也不说。"

"说这话的人总是最后一个遵守诺言。这不好，亲爱的。前面还有很长的路要走。很多事情还不清楚。你记得我当时那么强烈地反对让帕特里奇夫人负责为红十字会收账，但我也说不清是为什么。那只是因为她鼻子抽动的样子和我的女佣艾丽丝出去付账时抽鼻子的样子完全一样。艾丽丝总是少付给别人一先令左右的钱，还说'可以记在下个星期的账上'，帕特里奇夫人的做法如出一辙，只不过数额大得多。她挪用了七十五英镑。"

"先不提帕特里奇夫人了。"班特里夫人说。

"但我必须向你解释。如果你真的在意，我会给你个提示。这个案子的问题在于所有的人都太轻信、太相信别人。你不能听到什么就信什么。只要有任何可疑之处，我就完全不会相信！你看，我太了解人性了。"

班特里夫人沉默了一两分钟，然后换了一种语气：

"我告诉过你，是不是？我看不出我有什么理由不应该从这个案子里获得乐趣。发生在我家里的一起真正的谋杀！这种事绝不会再发生的。"

"希望不会。"马普尔小姐说。

"是的，我也希望不会。一次就够了。但是，简，这是我的谋杀案，我想自己能从中获得乐趣。"

马普尔小姐看了她一眼。

班特里夫人挑衅似的问：

"难道你不相信吗？"

马普尔小姐温和地说：

"当然，多莉，如果你这样说的话。"

"是的，不过你从不相信别人对你说的话，是吗？你刚才就是这样说的。好吧，你是对的。"班特里夫人的声音突然变得有些辛酸，她说，"我并不是个傻瓜。简，你或许以为我不知道圣玛丽米德的人都在议论什么——整个郡！所有的人都在说，无风不起浪，既然那个女孩是在亚瑟的藏书室里被发现的，那么亚瑟肯定会知道些什么。他们说那女孩是亚瑟的情妇——还有人说是他的私生女——她在勒索他。他们想到什么就说什么！而且会继续这样说下去！开始时亚瑟没有意识到——他不知道是怎么回事。他是个可爱的老傻瓜，从来不认为人们会这样看待他。人们会冷淡他，对他侧目而视——无论那是什么意思——最后他会渐渐明白，然后会突然变得惊恐万分，伤心不已，他会像只蛤蜊一样紧紧封锁自己，日复一日在悲伤中度过。

"正因为这一切会发生在他身上，我才来到这里搜寻任何我能找到的蛛丝马迹！这起谋杀案必须查清！如果侦破不了，亚瑟这辈子就毁了——我绝不能让这种事发生。我不会！我不会！我不会！"

她停了一会儿，继续说：

"我不会让亲爱的老伴儿为他没做过的事而遭受地狱般的痛苦。我离开丹尼茅斯，把他独自留在家里就是为了这个——查明真相。"

"我知道，亲爱的。"马普尔小姐说，"这也是我来这里的原因。"

第十四章

1

在一间安静的酒店房间里,爱德华兹谦恭地听着亨利·克利瑟林爵士说话。

"我有几个问题要问你,爱德华兹,不过我想先让你知道我的立场。我曾经是苏格兰场的行政长官,现在退休了。你的主人在这场悲剧发生后把我请到这儿来,请求我以我的技能和经验查清真相。"

亨利爵士停下来。

爱德华兹那双精明的眼睛看着对方的脸,黯淡下来,低下头说:"是这样,亨利爵士。"

"在警方查办的所有案件中,一些信息会被隐瞒,原因有很多——涉及家庭丑闻,与案情无关,可能让相关人士感到尴尬。"

爱德华兹又说:

"是这样,亨利爵士。"

"爱德华兹，我想现在你已经清楚这个案子的关键之处。那个女孩死前即将成为杰弗逊先生的养女。有两个人不想看到此事发生，加斯克尔先生和杰弗逊夫人。"

贴身男仆的眼睛闪过一丝微光。他说："他们被警方定为嫌疑人了吗，先生？"

"他们没有被逮捕的危险，如果你指的是这个。但是警方一定在怀疑他们，而且不会停止怀疑，直到事情完全查清楚。"

"他们的处境不妙，先生。"

"非常不妙。要查明真相，就需要掌握所有与本案有关的事实，这其中有很多必须从杰弗逊先生和他家人的反应、言辞和动作来判断。他们的感觉如何？表现怎样？以及说了哪些话？爱德华兹，现在我要向你询问的是内部情况——只有你才可能知道的内部情况。你了解你主人的情绪，通过对这些情绪的观察，你也许会知道造成某种情绪的原因。我现在不是作为一名警察，而是作为杰弗逊先生的朋友向你提这些问题。也就是说，如果我认为你告诉我的信息与本案无关，我就不会告诉警方。"

他停了下来。爱德华兹小声说：

"我明白你的意思，先生。你要我坦白地说——说一些通常不应该说的事情——而那些事情，请原谅，先生，你做梦也想不到。"

亨利爵士说：

"你是个聪明人，爱德华兹。我就是这个意思。"

爱德华兹沉默了一两分钟，开口了。

"当然，现在我已经非常了解杰弗逊先生了。我跟随他多年，不仅见过正常的他，也见过不在状态的他。有时候，先生，我不禁会问自己，像杰弗逊先生那样与命运抗争是否对人有益。他为此付出了可怕的代价,先生。如果他有时候能退缩一下,做一个苦闷、孤独、潦倒的老人——或许到头来对他更好。但他太骄傲了!他会继续抗争——这是他的座右铭。"

"可是亨利爵士,这样做会导致很多紧张反应。他看上去是个脾气温和的绅士。可我见过他盛怒之下的风暴。会激怒他的事情之一,先生,就是欺骗……"

"你说这个有什么特别的原因吗,爱德华兹?"

"是的,先生。你刚才不是让我坦言相告吗?"

"正是。"

"好吧,既然这样,亨利爵士,我认为那个年轻女人根本不值得杰弗逊先生如此钟爱。坦率地说,她其实非常普通,而且根本不在乎杰弗逊先生。那些所谓的仰慕和感激全是装出来的。我并不是说她有什么恶意——但她完全不是杰弗逊先生所想的那样。这很有意思,先生,杰弗逊先生是个精明的人,很少被人欺骗。然而,一涉及年轻的女人,男人就失去了判断力。你知道,他一直依赖小杰弗逊夫人的同情,可今年夏天,事情发生了很大的变化。这一点他注意到了,因此非常难过。你知道,他喜欢她,而从来不怎么喜欢马克先生。"

亨利爵士插话道:

"但一直把他留在身边?"

"是的,不过那是为了罗莎蒙德小姐,也就是加斯克尔夫人。她是他的掌上明珠。他钟爱她。马克先生是罗莎蒙德小姐的丈夫。他一直是这样认为的。"

"如果马克先生和别人结婚呢?"

"杰弗逊先生会非常生气的,先生。"

亨利爵士抬起眉毛。"是吗?"

"他不会表现出来，但肯定会这样。"

"如果杰弗逊夫人再婚呢？"

"杰弗逊先生同样也不会高兴，先生。"

"请说下去，爱德华兹。"

"我是说，杰弗逊先生迷上了这个年轻女人。我见过周围的很多男人出这种事。就像疾病一样来势汹汹。他们想保护她，做她的盾牌，施予她恩惠——而那些女孩十有八九能好好照顾自己，并且很善于抓住机会。"

"那么，你认为鲁比·基恩是个阴谋家？"

"呃，先生，她没什么经验，又很年轻，但如果她使出自己的手段，便具备了一个高明的阴谋家的潜质！再过五年，她会精通这种游戏！"

亨利爵士说：

"我很高兴你能说出对她的看法，很有帮助。你记得杰弗逊先生和他的家人谈过这件事吗？"

"几乎没谈什么，先生。杰弗逊先生宣布了他的想法，不容任何反对意见。也就是说，不让一向口无遮拦的马克先生开口。杰弗逊夫人没说什么——她是位淑女——只是劝他不要匆忙决定任何事。"

亨利爵士点点头。

"还有吗？那女孩的态度如何？"

这位贴身男仆流露出明显的厌恶，说：

"要我说，她可是很高兴。"

"啊——很高兴，是这样吗？爱德华兹，你有理由相信，"他努力寻找一个对爱德华兹来说比较恰当的表达方式，"她——呃——另有所爱吗？"

"杰弗逊先生不是求婚,先生。他打算收养她。"

"如果去掉这个问题里的'另'字,答案是什么呢?"

贴身男仆慢吞吞地说:"确实有件事,先生。我碰巧看见了。"

"太好了。快说说。"

"这件事可能根本没什么,先生。有一天,那个年轻女人正好打开手提包,从里面掉出一张小照片。杰弗逊先生一把抓了过去,说:'嘿,丫头,这是谁,嗯?'

"那是一张快照,先生,上面是一个皮肤黝黑的年轻人,头发凌乱,领带歪歪扭扭的。

"基恩小姐假装毫不知情。她说:'我不知道,杰夫。完全不明白。我也不知道它怎么会跑到我的包里。不是我放进去的!'

"当然了,杰弗逊先生还没有完全糊涂。这个解释根本站不住脚。他看上去很生气,眉头皱了起来,语气生硬地说:

"'行了,丫头,行了。你很清楚这是谁。'

"她立刻改变了策略,先生。她变得似乎很害怕,说:'现在我认出来了。这个人有时候会来酒店,我和他跳过舞。我不知道他的名字。肯定是这个白痴某天把照片塞进了我的包里。这些男孩真是愚蠢!'她把头往后一仰,咯咯笑了起来,这件事就这么过去了。但是这个故事编得很拙劣,是不是?我认为杰弗逊先生根本没相信。这件事之后,有一两次,他用犀利的眼神看着她。有时候,她从外面回来,他会问她去了哪里。"

亨利爵士说:"你在酒店里见过那张照片上的人吗?"

"没有,先生。当然,我也很少到楼下的公共场所去。"

亨利爵士点点头。他又问了几个问题,不过爱德华兹没有什么可以说的了。

2

在丹尼茅斯的警察局,哈珀警司正在对杰西·戴维斯、弗洛伦丝·斯莫尔、比亚特丽丝·亨尼克、玛丽·普赖斯和丽莲·里奇卫进行询问。

这几个女孩年龄相近,智力稍有差异。她们有的来自郡里,有的是农民或店主的女儿。每个人讲的经过都一样——帕米拉·里夫斯和往常一样,只跟她们说了要去伍尔沃思,之后乘晚班公共汽车回家。

哈珀警司办公室的角落里坐着一位年长的女士。女孩们几乎没有注意到她。如果注意到的话,或许会想她究竟是谁。她肯定不是女警。她们可能会认为她和她们一样,也是来这里接受询问的证人。

最后一个女孩被领了出去。哈珀警司擦了擦额头,转身看看马普尔小姐。他的目光是在询问,但并没抱多少希望。

然而,马普尔小姐干脆地说:

"我要和弗洛伦丝·斯莫尔谈谈。"

警司的眉毛抬了起来,他点点头,按了一下铃。一个警员出现了。

哈珀说:"弗洛伦丝·斯莫尔。"

刚才那个警员领着女孩进来。她是个富有农场主的女儿——高个子、金发,长着一张愚蠢的嘴,褐色的眼睛流露出惧色。她双手相互绞着,神情紧张。

哈珀警司看看马普尔小姐,后者点点头。

警司站起身,说:

"这位女士有几个问题要问你。"

说完他走了出去,随手关上门。

弗洛伦丝紧张地看了马普尔小姐一眼,她的眼睛就像她父亲养的一头牛的眼睛。

马普尔小姐说:"坐下,弗洛伦丝。"

弗洛伦丝·斯莫尔顺从地坐下。不知不觉地,她突然感觉自在多了,不那么紧张了。警察局里陌生而恐怖的气氛不见了,取而代之的是从某个惯于发号施令的人嘴里发出的、令她更为熟悉的命令。马普尔小姐说:

"要知道,弗洛伦丝,弄清帕米拉在死亡当天的所有活动非常重要,你明白吗?"

弗洛伦丝小声说她明白。

"我想你会尽力帮助我们?"

在表示同意的同时,弗洛伦丝的眼神也变得警觉起来。

"隐瞒任何信息都是非常严重的违法行为。"马普尔小姐说。

女孩的手指在膝盖上紧张地互相绞着。她吞了一两次口水。

"我会酌情考虑,"马普尔小姐继续说,"因为被带来与警方接触,你自然会感到惊慌。你还担心由于没有及早说出实情而可能会受到责备。也许你还担心由于当时没有阻止帕米拉而受到责备。但你必须做个勇敢的女孩,如实讲出来。如果你现在不说,问题确实会非常严重——真的非常严重——实际上是伪证罪。而这个,你知道,会让你进监狱的。"

"我——我不——"

马普尔小姐严厉地说:

"现在,不要再吞吞吐吐了,弗洛伦丝!立刻把事情都告诉我!帕米拉不是去伍尔沃思,对不对?"

弗洛伦丝用干燥的舌头舔着嘴唇,她像一只屠宰场的困兽一样哀求地看着马普尔小姐。

"是和电影有关的事,对不对?"马普尔小姐问。

弗洛伦丝的脸上掠过一丝放松和敬畏。压制她的力量完全消失了。她喘着气说：

"哦，是的。"

"我想是这样。"马普尔小姐说，"现在请把所有的细节告诉我。"

弗洛伦丝开始了滔滔不绝的讲述。

"哦！我一直在担心。你知道，我对帕米拉发过誓，决不对任何人说一个字。后来，在那辆烧毁的汽车里发现了她——哦！真是太可怕了，我想我要死了——我觉得都是我的错。我当时应该阻止她的。我根本没有想到有什么不对劲儿，完全没有。后来，有人问我那天她是否和平常一样，我想也没想就说'是的'。因为当时我什么也没说，所以后来也不知道还能说什么。而且，毕竟我什么也不知道——真的——除了帕姆告诉我的那些。"

"帕姆跟你说了什么？"

"当时我们正走在通往公共汽车站的小路上——往集会走的时候。她问我能不能保密，我说'能'，她又让我发誓决不说出去。集会后她要去丹尼茅斯试镜！她认识了一个电影制片人——刚从好莱坞回来。他需要某种类型的演员，还说帕姆正是他要找的人。不过他也说了，这事儿说不准。他说，一切只有看试镜的情况才能决定。可能根本不行。他说是个伯格纳之类的角色，需要一个非常年轻的人来扮演。故事讲的是一个女学生和一位很成功的讽刺剧艺术家调换了角色。帕姆在学校演过戏，而且演得很棒。他说他能看出来她会演戏，但还要接受一些强化训练。他告诉她，拍电影可不是喝啤酒玩游戏，工作会非常辛苦。问她能坚持吗。"

弗洛伦丝停下来喘了口气。马普尔小姐听着这个无数小说和剧本的翻版故事，感到一阵恶心。帕米拉·里夫斯和大多数女孩一样，都被警告过不要和陌生人交谈——但电影的魅力使这些忠告瞬间消失得无影无踪。

"那人看上去非常专业。"弗洛伦丝继续说,"他说如果试镜成功,她会得到一份合约,还说由于她太年轻、没有经验,所以应该在签字前请个律师看看,但不要说是他讲的。他问她父母那里会不会有问题,帕姆说或许会有麻烦,他说:'当然,像你这么年轻的人总是不容易的。不过我想如果知道了这是千载难逢的机会,他们会同意的。'但是,他说现在谈这些没有意义,一切都要看试镜结果。如果没选上也不要失望。他跟她谈起了好莱坞和费雯丽——她如何一夜间征服了伦敦——这种一举成名的事是如何发生的。他本人从美国回来后进入了莱姆维尔电影制片厂,他说要为英国的电影业注入活力。"

马普尔小姐点点头。

弗洛伦丝继续说:

"于是一切都安排好了。集会结束后,帕姆去丹尼茅斯,在他住的酒店见面,然后他带她去制片厂(他说他们在丹尼茅斯有一个小试镜室)。试镜结束后她就乘公共汽车回家,她可以声称是去购物了。几天后他会通知她试镜的结果,如果他们的老板哈姆斯塔特先生觉得满意,会亲自到她家跟她父母谈。

"这听上去简直太棒了!我嫉妒得眼睛都红了!帕姆不动声色地参加完集会——我们总是说她长着一张扑克牌高手的脸。后来,她说她要经丹尼茅斯去伍尔沃思时,向我眨了眨眼。

"我看着她沿着小路出发了。"弗洛伦丝哭了出来,"我应该阻止她的。我应该去阻止她的。我应该想到这种事不可能是真的。我应该告诉什么人。天哪,但愿我死了!"

"好了,好了。"马普尔小姐轻轻拍着她的肩膀,"没关系。不会有人怪你的。你把这些告诉我是对的。"

她花了几分钟使那孩子高兴起来。

五分钟后,她把事情经过告诉了哈珀警司。后者的表情非常严肃。

"狡猾的家伙!"他说,"上帝知道,我绝不会让他逃脱。这下案情有了很大的变化。"

"是的,是这样。"

哈珀斜眼看着她。

"你不觉得惊讶?"

"我估计是这类的事。"

哈珀警司好奇地说:

"你为什么会注意到这个女孩?她们看上去都很害怕,在我看来,根本无从辨别。"

马普尔小姐温和地说:

"你跟撒谎女孩接触的经验没有我的多。如果你记得的话,弗洛伦丝当时直勾勾地看着你,僵硬地站着,脚和其他人一样动来动去。但是你没有留意她出去时的样子。我立刻看出她有所隐瞒。这样的人总是放松得太快。我的小女佣詹妮特就是这样。她会言之凿凿地说剩下的蛋糕被老鼠吃了,可出门时脸上得意的表情让她露了马脚。"

"非常感谢你。"哈珀说。

他又若有所思地补充道:"莱姆维尔制片厂,嗯?"

马普尔小姐一言不发地站起身。

"抱歉,"她说,"我得赶紧走了,非常高兴能为你提供帮助。"

"你要回酒店吗?"

"是的——收拾行李。我必须尽快赶回圣玛丽米德。在那里有很多事等着我去处理。"

第十五章

1

马普尔小姐从客厅的落地窗里走出来,轻快地走过自家修剪整齐的花园小路,穿过花园的一道门,走进教区牧师家的花园,穿过花园走到客厅窗前,轻轻地叩响玻璃窗格。

牧师正在书房里忙着为星期日的布道作准备,他年轻漂亮的妻子正骄傲地看着在炉前地毯上玩耍的儿子。

"我能进来吗,格里塞尔达?"

"哦,进来吧,马普尔小姐。你看看大卫!他正在生气,因为他只会倒着爬。他想拿东西,结果越努力越往后退,最后进了煤箱!"

"他长得很结实,格里塞尔达。"

"他还不错,是吗?"年轻的母亲努力表现出无所谓的态度,"当然我也不常带他,所有的书上都说要尽量让孩子独处。"

"这很明智,亲爱的。"马普尔小姐说,"嗯,我来是想问问目前你是否在为什么特别的事情募捐。"

牧师的妻子有些吃惊地看着她。

"哦，很多。"她愉快地说，"总是有的。"

她掰着手指数起来：

"有教堂中殿修复基金，圣贾尔斯布道团，下周三的义卖，未婚母亲，男童子军郊游，缝纫协会，还有主教号召为深海渔民的募捐。"

"任何活动都行。"马普尔小姐说，"我想我可能会来转转——带个笔记本，你知道的——如果你同意的话。"

"你有什么事吗？我想一定有。我当然同意。那就做义卖吧，能得到一些实实在在的钱是最好的，而不是那些奇怪的香袋、可笑的擦笔布，还有被弄得像玩具娃娃似的儿童外套和风衣，真是让人沮丧。

"我在想，"格里塞尔达陪客人走到窗前，接着说，"你不打算告诉我这是怎么回事吗？"

"不是现在，亲爱的。"马普尔小姐说完便匆匆离开了。

年轻的母亲叹了口气，回到壁炉前的地毯上，依照坚决不理会孩子的原则，她用头顶撞了儿子的小肚子三次，结果儿子抓住她的头发，一边拽一边兴奋地大叫。之后他们便纠缠着滚来滚去，直到门开了，女佣对教区里最有影响力的居民宣布（他不喜欢孩子）：

"夫人在这里。"

格里塞尔达坐起来，努力表现得庄重优雅，让自己看上去更像一个牧师的妻子。

2

马普尔小姐手里捏着一个黑色的小本子，上面有用铅笔做的记录。

她迅速穿过村子里的街道,来到十字路口,接着向左拐,经过蓝野猪旅店,最后来到查茨沃思,就是"布克先生的新房子"。

她进了院子大门,走上前去,迅速敲了几下前门。

开门的是那个名叫黛娜·李的年轻金发女人。今天她的妆容不像平时那么精致,事实上看起来简直脏兮兮的。她身穿灰色宽松裤和翠绿色无袖套衫。

"早上好。"马普尔小姐心情愉快地说,"我可以进来一下吗?"

说话的同时她的身体往前探着,这样黛娜·李即使对她的忽然来访很是吃惊,也没有时间作出决定。

"非常感谢。"马普尔小姐说,并报以亲切的微笑,然后轻轻地在一把仿古竹椅上坐下。

"这时候就这么暖和了,是吗?"马普尔小姐说,态度仍然亲切友好。

"是的,很暖和。哦,相当暖和。"李小姐说。

她不知该如何应对目前的情形,于是打开一个烟盒递给客人。"呃——抽烟吗?"

"非常感谢,不过我不抽烟。你知道,我来拜访是想请你为我们下星期的义卖活动提供帮助。"

"义卖活动?"黛娜·李说,仿佛在重复一句外语。

"在教区牧师家里,"马普尔小姐说,"下星期三。"

"哦!"李小姐微微张开嘴,"恐怕我——"

"很少的捐助都不行——哪怕半克朗?"

马普尔小姐拿出她那个小本子。

那女人看起来松了一口气,转过身开始在手提包里翻找。

马普尔小姐敏锐的目光打量着房间。

她说：

"我看到你的壁炉前没有地毯。"

黛娜·李转过头盯着她。她意识到这个妇人在仔细观察她，不过这只是让她略微有些不快。马普尔小姐发现了她的情绪，说道：

"这很危险，你知道。火星飞出来会烧坏房间的地毯。"

"滑稽的老小姐。"黛娜想，她含糊却不失友好地说：

"以前有一块的，我不知道弄到哪里去了。"

"我想，"马普尔小姐说，"是那种很蓬松的、毛茸茸的？"

"羊，"黛娜说，"看上去像只羊。"

现在她又被逗乐了，真是个奇怪的老家伙。

她拿出一枚半克朗硬币。"给你。"她说。

"哦，谢谢你，亲爱的。"

马普尔小姐接过硬币，打开那个小本子。

"呃——我该如何写名字？"

黛娜的眼神突然变得冷漠而轻蔑。

"爱管闲事的老悍妇。"她想，"她来这里就是为了探听丑闻！"

她吐字清晰，带着恶意的快乐，说：

"黛娜·李小姐。"

马普尔小姐镇定地看着她。

她说：

"这是巴兹尔·布莱克的房子，对吗？"

"对，不过我是黛娜·李小姐！"

她的声音很挑衅，说完头往后一仰，蓝色的眼睛闪着光。

马普尔小姐非常镇定地看着她，说：

"你能允许我给你点儿忠告吗——即使你觉得这很不礼貌？"

"我认为这很不礼貌。你最好什么也不要说。"

"不过,"马普尔小姐说,"我还是要说。我建议——强烈地建议——你不要继续在村里使用你婚前的姓。"

黛娜盯着她,说:

"你——你这是什么意思?"

马普尔小姐真诚地说:

"你也许很快便会需要你所能找到的一切同情和祝福。而且,人们对你丈夫抱有良好的看法对他很重要。在落伍的乡下地方,人们对未婚同居带有偏见。我想,你们俩正在扮演这样的角色,并且乐在其中。这样会让别人远离你们,让你们免受'老古董'的打扰。然而,老古董自有他们的用处。"

黛娜问:

"你怎么知道我们已经结婚了?"

马普尔小姐面带责备的微笑。

"哦,亲爱的。"她说。

黛娜没有放弃:

"不,可你是怎么知道的?你该不会是去了——去了萨默塞特教堂?"

马普尔小姐的眼睛闪了一下。

"萨默塞特教堂?哦,没有。不过这很容易猜到。你知道,在村里什么事情也瞒不住。你们之间的那种争吵是结婚初期的特点,根本——根本不像不合法的关系。你知道,人们常说——而且我认为非常正确——只有和他结婚后,你才能真正激怒他。如果没有——没有合法的契约,人们通常会非常谨慎,他们要不断让自己相信一切都那么幸福、美好。他们不敢吵架!至于结了婚的人,我注意到他们对吵架和此后的和解乐此不疲。"

她停下来,目光柔和。

"哦,我——"黛娜没说下去,笑了。她坐下来点燃了一支烟。

她继续说:

"可是你为什么要我们坦白承认,服从传统?"

马普尔小姐神情严肃,她说:

"因为,现在你的丈夫随时都有可能因谋杀罪而被捕。"

3

黛娜盯着看了她一会儿,语气仿佛不敢相信:

"巴兹尔?谋杀?你是开玩笑吧?"

"不,是真的。你没有看报纸吗?"

黛娜喘了口气。

"你指的是——堂皇酒店的那个女孩。你是在说他们怀疑巴兹尔杀了她?"

"是的。"

"简直胡说八道!"

外面传来汽车引擎的声音和摔门的砰砰声,门开了,巴兹尔·布莱克走进来,手里抱着几个瓶子。他说:

"买了杜松子酒和苦艾酒。你——"

他停下来,不敢相信自己看到了那位腰板笔直、一本正经的来访者。

黛娜几乎都喘不过气来了,大声喊道:

"她是不是疯了?她说你将会因为谋杀了鲁比·基恩而被捕。"

"哦,上帝!"巴兹尔·布莱克叫道。瓶子从他手里滑落到沙发上。他摇摇晃晃地走到一把椅子前,跌坐进去,同时把脸埋进双手,嘴里不停地说:"哦,上帝!哦,上帝!"

黛娜冲向他,抓住他的肩膀。

"巴兹尔,看着我!这不是真的!我知道不是真的!我一点儿都不相信!"他举起手握住了她的手。

"谢谢你,亲爱的。"

"可是他们为什么认为——你甚至不认识她。对吧?"

"哦,不,他认识她。"马普尔小姐说。

巴兹尔暴怒地说:

"闭嘴,你这个丑陋的老巫婆。听着,黛娜我亲爱的,我和她根本谈不上认识。只是在堂皇酒店遇到过一两次。就这样,我发誓,就是这样。"

黛娜迷惑不解地说:

"我不明白。那别人为什么要怀疑你?"

马普尔小姐说:

"炉前地毯是怎么处理的?"

他麻木地回答:

"我把它扔进了垃圾箱。"

马普尔小姐生气地发出咯咯声。

"愚蠢——真是太愚蠢了。人们从不把好的炉前地毯放进垃圾箱。我猜上面有从她衣服上掉下来的金属饰片?"

"是的,我弄不下来。"

黛娜叫道:"你们两个在说什么?"

巴兹尔阴郁地说:

"问她吧。她好像什么都知道。"

"如果你愿意,我可以告诉你我推测到的事。"马普尔小姐说,"如果我说得不对,布莱克先生,你可以纠正我。我想,那天在派对上,你和妻子大吵一架,再加上太多的——呃——酒精,你开车回到这里。我不知道你什么时候到家的——"

巴兹尔·布莱克生气地说:

"大约凌晨两点。我本打算先进城,但开到郊区时我改变了主意。我想黛娜或许会随后过来,于是我就开车到了这里。这个地方漆黑一片,我开了门,打开灯,我看见——看见——"

他大口吸着气,说不下去了。马普尔小姐接着说:

"你看见一个女孩躺在炉前地毯上——身穿白色晚礼服的女孩——已经被勒死了。我不知道你当时有没有认出她来——"

巴兹尔·布莱克一个劲儿地摇头。

"我只看了一眼,就再也不敢看了——她的脸发蓝——还肿起来了。她已经死了有一段时间了,就在那儿——在我的房间里!"

他说着哆嗦了一下。

马普尔小姐温和地说:

"当然,你当时彻底混乱了。你喝多了,平时胆子也不大。我想——你吓坏了,不知道该怎么办——"

"我想,黛娜随时会出现。到时她会发现我和一具尸体在一起,一具女孩的尸体,她会认为是我杀了她。然后我想到了一个主意——不知为什么,当时这主意看起来不错——我想:我把她放进老班特里的藏书室。那个该死的老顽固,总是那么傲慢,嘲笑我的艺术家气质,说我太过女性化。我想,这个自负的老家伙是活该。家里炉前地毯上出现了一个漂亮女人的尸体,到时候他一定会傻眼。"他情绪激昂,急于解释,接着,又补充说,"你知道,当时我有点儿醉了,觉得这件事实在太有趣——老班特里和一个金发女人的尸体。"

"是的,是的。"马普尔小姐说,"小汤米·邦德也有过类似的主意。这个小男孩很敏感,有点儿自卑。他说老师总是在挑他的错。后来,他往钟里放了一只青蛙,青蛙从里面朝老师扑过来。

"你和他一样,"马普尔小姐说,"当然,只是尸体比青蛙严重得多。"

巴兹尔又开始呻吟。

"早上我清醒了之后,意识到自己究竟干了什么。我吓坏了。后来,警方来人了——又一头自负的该死的蠢驴,警察局局长。我很害怕他——唯一的掩饰方法就是表现得极为粗暴无礼。正在和他们交涉时,黛娜开车回来了。"

这时黛娜向窗外望去。

她说:

"有辆车开过来了……里面有几个男人。"

"我想是警察。"马普尔小姐说。

巴兹尔·布莱克站起来。突然间,他变得那么平静、果断。他甚至笑了。他说:

"这么说,轮到我了,是不是?没关系,黛娜宝贝,冷静。和老西姆斯联系——他是我们的家庭律师——然后去我母亲那里,把我们已经结婚的事告诉她。她不会咬你的。不要担心。不是我干的。所以肯定会没事的,明白吗?宝贝?"

屋外传来了敲门声。巴兹尔喊道:"进来。"斯莱克警督和另一个人走了进来,他说:

"是巴兹尔·布莱克先生吗?"

"是。"

"我这里有一张对你的逮捕令。你被指控于九月二十一号晚上谋杀了鲁比·基恩。我提醒你,你说的任何话都有可能成为呈堂证供。现在你要跟我走。我们会给你提供一切设施,方便让你和你的律师取得联系。"

巴兹尔点点头。

他看着黛娜,但是没有碰她。他说:

"再见,黛娜。"

"冷血动物。"斯莱克警督想。

他对马普尔小姐微微一欠身,说了声"早上好",心里暗想:

"这个聪明的老悍妇,她已经知道了!我们找到了那张炉前地毯,还算干得漂亮。而且,我们从制片厂停车场的人那里得知他是十一点离开派对的,不是午夜。我们认为他的朋友不是故意作伪证。他们都喝醉了,而布莱克第二天肯定地说自己是十二点离开的,他们就相信了他。哦,这一回他成了煮熟的鸭子,飞不了了!我认为他精神有问题!不能用绞刑,只能关在布罗德穆尔。先是里夫斯那个孩子。他可能是先勒死她,然后开车把尸体运到采石场,之后步行回到戴恩茅斯,从某条偏僻小路上取回自己的车,赶去参加派对,然后再回到丹尼茅斯,把鲁比·基恩带到这里,把她勒死后放进了老班特里的藏书室,后来可能又担心采石场的那辆车,于是开车回到那里,一把火把那辆车给烧了,再返回这里。这个疯子——对性和鲜血有强烈的欲望——幸运的是,这个女孩逃脱了。我想是他们会称之为复发性狂躁症。"

最后,屋里只剩下马普尔小姐,黛娜·布莱克转向她说:

"我不知道你是谁,但是你必须弄明白——不是布莱克干的。"

马普尔小姐说:

"我知道这不是他干的,而且我知道到底是谁干的。但是要证明此事并不容易。我有个想法,你提到的一件事——就在刚才——可能有帮助。它让我有了一个想法——关于我一直在努力寻找的那个联系——嗯,那是什么来着?"

第十六章

1

"我回来了,阿瑟!"班特里太太推开书房的门,像在宣布王室公告一样大喊着。

班特里上校立刻跳了起来,亲吻着他的妻子,由衷地说:

"哦,哦,真是太好了!"

他的话无懈可击,举止也很完美,但依然瞒不了与他夫妻多年、对他满心爱意的班特里太太。她立刻说:

"怎么了?"

"没有,当然没事,多莉。会有什么事?"

"哦,我不知道。"班特里太太含糊地说,"一切都变得很古怪,是不是?"

她一边说话,一边扔下外衣,班特里上校小心拾起来,放在沙发背上。

一切都和以前完全一样——然而又不一样。班特里太太觉得她丈夫似乎缩小了。他看上去瘦了,腰也弯了,眼睛下面出现了眼袋,目光躲闪着不愿正视她。

他强颜欢笑地说:

"嗯,你在丹尼茅斯玩得好吗?"

"哦!太有意思了。你应该一起去的,亚瑟。"

"我走不开,亲爱的。这里有很多事情要做。"

"不过,我还是觉得换个环境对你有好处。你喜欢杰弗逊一家吗?"

"是的,是的,可怜的家伙。是一个好人。真是太令人伤感了。"

"我不在的时候你做了些什么?"

"哦,没什么。去了农场,你知道的。同意给安德森换个新屋顶——现在的不能修了。"

"拉德福郡政会进行得如何?"

"我——呃——其实没去。"

"没去?可你是会议主席啊!"

"嗯,事实是,多莉——这里面似乎出了点儿差错。他们问我是否介意换成汤普森先生。"

"我明白了。"班特里太太说。

她摘下一只手套,故意把它扔进废纸篓。她丈夫要过去捡,被她拦住了。她厉声说道:

"别捡。我讨厌手套。"

班特里上校忧虑地看了她一眼。

她严厉地问:

"星期四你和达夫一家一起吃晚饭了吗?"

"哦，那个！推迟了。他们的厨师病了。"

"愚蠢的家伙。"班特里太太说，她接着又问，"昨天你去内勒家了吗？"

"我打电话说我去不了，希望他们见谅。他们非常理解。"

"他们理解，是吗？"班特里太太冷冷地说。

她在书桌旁坐下，心不在焉地拿起一把园艺剪刀，把另一只手套的手指一个一个地剪下来。

"你在干什么，多莉？"

"我心情很糟。"班特里太太说。

她站起身来。"晚饭后我们去哪儿坐，亚瑟？藏书室吗？"

"这个——呃——我觉得不好——你说呢？这里很不错——或者休息室。"

"我觉得，"班特里太太说，"我们应该坐在藏书室里！"

她镇定地看着他的眼睛。班特里上校挺起后背，眼里闪着光。

他说：

"你说得对，亲爱的。我们就去藏书室！"

2

班特里太太放下电话，气恼地长叹一声。她已经打过两次了，每次得到的回答都一样：马普尔小姐出去了。

班特里太太天生性子急，决不认输。她又急切地分别给牧师寓所、普赖斯·里德雷夫人、哈特内尔小姐、韦瑟比小姐打了电话，最后没办法，她又拨通了鱼贩子的电话，由于其地理位置，他通常知道村里每个人的去处。

鱼贩子表示抱歉，说今天早上他根本没在村里看见马普尔小姐。她没有按往常的日程出行。

"这个女人会在哪里？"班特里太太不耐烦地大声说。

背后传来一声礼貌的咳嗽。一向小心谨慎的洛里默轻声问：

"你是在找马普尔小姐吗，夫人？我看见她正往家里来。"

班特里太太奔向前门，猛地推开门，上气不接下气地跟马普尔小姐打招呼：

"我到处找你。你去哪儿了？"她回头看了一眼，洛里默不知什么时候已经离开了，"一切都变得很糟！人们开始疏远亚瑟。他看上去老了好几岁。简，我们必须采取行动。你必须采取行动！"

马普尔小姐说：

"多莉，不用担心。"她的声音听起来很古怪。

班特里上校出现在书房门口。

"啊，马普尔小姐，早上好。很高兴你来了。我妻子像疯子一样打电话找你。"

"我觉得我最好还是亲自告诉你这个消息。"马普尔小姐说着，跟在班特里太太后面走进书房。

"消息？"

"巴兹尔·布莱克已经因谋杀鲁比·基恩小姐而被逮捕了。"

"巴兹尔·布莱克？"上校喊了出来。

"但不是他干的。"马普尔小姐说。

班特里上校根本没有留意这句话。他甚至可能没听到。

"你是说，他勒死了那个女孩，然后把她搬过来，放在了我的藏书室里？"

"他把她放在你的藏书室里，"马普尔小姐说，"但没有杀她。"

"胡扯！如果是他把她放进了我的藏书室，那当然是他杀的！这两件事是联系在一起的。"

"不一定。他发现她死在他自己的家里。"

"真会编故事。"上校用嘲讽的语气说道，"如果你发现了一具尸体，然后呢？你自然会打电话报警，当然，如果你是个诚实的人。"

"啊，"马普尔小姐说，"可并不是每个人都能像你那么勇敢，班特里上校。你遵从传统，而年青一代则不一样。"

"不够坚强。"上校说，这是他重复了无数遍的理论。

"他们中有的非常不易。"马普尔小姐说，"我听说过不少关于巴兹尔的事。他做过突袭预防工作，你知道，当时他只有十八岁。他冲进一幢燃烧的房子，把四个孩子一个一个地救出来。虽然别人告诉他这很危险，但他还是又回去救一条狗。房子塌了，把他压在了下面。人们把他救了出来，但他的胸部受到严重挤压，不得不打着石膏卧床将近一年，之后他又病了很长时间。就是从这个时候起，他开始对设计产生了兴趣。"

"哦！"上校咳嗽一声，擤了擤鼻子，"我——呃——从来不知道这些。"

"他从不谈这些事。"马普尔小姐说。

"呃——这样做很好。人品正派。年轻人之中一定还有更多这样的人，比我想象得多。以前我总认为他是在逃避战争，你知道。这说明以后下结论应该谨慎。"

班特里上校看起来有些惭愧。

"可是，尽管如此，"他又气愤起来，"他怎么能把谋杀的罪名安在我身上？"

"我觉得他其实不是这样想的。"马普尔小姐说，"他更觉得这是一个——玩笑。你看，他当时酒还没醒。"

"他喝醉了，嗯？"班特里上校说，口气里带着英国人对饮酒过量者特有的同情，"哦，这样，不能用一个人喝醉时的行为来评判他。记得在剑桥的时候，我把一样东西放在——好了，好了，不提了。当时还引起了不小的口角。"

他笑了起来，然后又板起了脸。他盯着马普尔小姐，目光精明锐利。他说："你认为他不是凶手，嗯？"

"我肯定他不是。"

"那么你知道是谁干的？"

马普尔小姐点点头。

班特里太太就像一个狂喜的希腊合唱队队员，对着一个聋子的世界说："她难道不是很了不起吗？"

"那么，凶手是谁？"

马普尔小姐说：

"我正要请你帮忙。我想，如果去萨默塞特教堂，我们应该会有一个令人满意的答案。"

第十七章

1

亨利爵士神情严肃。

他说：

"我不喜欢这样做。"

"我知道，"马普尔小姐说，"这不是你所说的合法程序。但是确认这一点十分重要，莎士比亚说过，'确定无疑'。我想，如果杰弗逊先生能同意——"

"那哈珀呢？他会参与吗？"

"他可能不方便知道太多。不过你或许可以暗示他一下。监视某些人——跟踪他们，你知道的。"

亨利爵士慢悠悠地说：

"是的，这才符合案情……"

2

哈珀警司目光犀利地看着亨利·克利瑟林爵士。

"我们先把这点弄清楚,先生。你在向我暗示什么吗?"

亨利爵士说:

"我是在让你知道我的朋友刚刚告诉我的事情——他说得并不确定——他明天要去丹尼茅斯拜访一位律师,重新立一份遗嘱。"

警司浓密的眉毛紧紧地纠结在一起,目光沉着稳定,他说:

"康韦·杰弗逊先生打算把这件事告诉他的女婿和儿媳吗?"

"他打算今天晚上告诉他们。"

"我明白了。"

警司用笔架敲打着桌面。

他重复了一遍:"我明白了……"

他那双锐利的眼睛再次看着对方,说:

"这么说,你们对巴兹尔·布莱克是嫌疑人这个结果不满意?"

"你满意吗?"

警司唇上的胡须微微颤动,他说:

"马普尔小姐满意吗?"

两个人对视着。

哈珀说:

"这件事交给我吧。我会派人查清楚。我向你保证,这绝不是开玩笑的事。"

亨利爵士说:

"还有一件事。你最好看看这个。"

他展开一张纸,从桌面上推过去。

这一次，警司的镇定完全消失了。他吹了声口哨：

"是这么一回事吗？那整个情况就完全不同了。你们是怎么挖到这种信息的？"

"女人，"亨利爵士说，"永远对婚姻感兴趣。"

警司说："特别是上了年纪的单身女人。"

3

他的朋友进来时，康韦·杰弗逊抬起头。

那张严肃的脸放松下来，露出微笑。

他说：

"呃，我告诉他们了。他们表现得很好。"

"你是怎么说的？"

"我说，现在鲁比已经死了，我觉得应该把原来要留给她的五万英镑用于纪念她。我打算把这笔钱捐给伦敦一家专为年轻的职业女舞者服务的旅舍。用这种方式赠予真是该死的愚蠢——让我惊讶的是他们居然接受了。好像我一贯如此似的！"

他想了想，又补充道：

"你知道，我在那个女孩的问题上愚弄了自己。肯定成了一个愚蠢的老头。现在我明白了。她是个漂亮的孩子——但是我对她的看法大都是我自己想象出来的。我觉得她是另一个罗莎蒙德。你知道，同样颜色的皮肤、头发和眼睛，但是心思或想法不同。把那张报纸递给我——有一道很有意思的桥牌题目。"

4

亨利爵士走到楼下。他问了行李员一个问题。

"加斯克尔先生吗？他刚才开车走了。去伦敦。"

"哦！我知道了。杰弗逊夫人在吗？"

"杰弗逊夫人刚刚休息，先生。"

亨利爵士朝大厅望去，然后又看向舞厅。大厅里，雨果·麦克莱恩正皱着眉头做填字游戏。舞厅里，乔西在和一位身材矮胖、大汗淋漓的男人跳舞，只见她一边勇敢地看着对方的脸微笑，一边双脚灵活地躲避对方野蛮的踩踏。那胖男人显然很享受。优雅而疲惫的雷蒙德在和一个无精打采的女孩跳舞，她褐色的头发暗淡无光，穿着一件昂贵但显然不合身的衣服。

亨利爵士低声说：

"上床休息吧。"然后便朝楼上走去。

5

三点钟。风停了，月光照着平静的海面。

康韦·杰弗逊的房间里寂静无声，他半靠在枕头上，呼吸粗重。

没有微风掀动窗帘，不过窗帘动了……有一刻，它被分开了，月光下有一个人的剪影。然后窗帘又恢复原状。一切又安静下来，可是房间里多了一个人。

潜入者离床边越来越近。从枕头上传来的粗重的呼吸声还在继续。

没有声音，或者说几乎没有任何声音。一个手指和拇指伸出来准备捏起皮肤，另一只手上的皮下注射器已准备就绪。

接着，黑暗中突然伸出一只手抓住了拿着注射器的那只手，另一只手像铁钳一样紧紧抓住了那个潜入者。

一个没有感情的声音——法律的声音——在说：

"不，不许这样做。把注射器给我！"

灯亮了，康韦·杰弗逊躺在枕头上，冷眼看着杀害鲁比·基恩的凶手。

第十八章

1

亨利·克利瑟林爵士说：

"作为华生，马普尔小姐，我想知道你用的是什么方法。"

哈珀警司说：

"我想知道是什么让你开始关注此事。"

梅尔切特上校说：

"天哪，这次你又成功了！我想知道这件事完整的来龙去脉。"

马普尔小姐抚平了她那件最好的深褐色丝绸晚礼服。她脸颊发红，微微笑着，看上去有些不自然。

她说："恐怕你们会觉得我的'方法'——亨利爵士是这么说的——非常业余。而你知道，真实情况是，大多数人——我并没有排除警察——过于信任这个邪恶的世界。他们相信自己听到的话。我从不这样。恐怕我总是会亲自验证每件事。"

"这是科学的态度。"亨利爵士说。

"在这起案件中,"马普尔小姐继续说,"有些事从一开始就被认为是理所当然的——而不是依据事实。根据我的观察,事实是受害人非常年轻,有咬指甲的习惯,牙齿有点儿往外突,年轻的女孩如果不及时矫正牙齿就会这样——小孩子很淘气,会趁大人不留意时把牙套取下来。

"扯远了。刚才说到哪儿了?哦,对,看着那个死去的女孩,我心里很难过。眼看着一个年轻的生命夭折总是令人伤心的,无论凶手是谁,那一定是一个邪恶的人。当然,她是在班特里上校的藏书室里被发现的,这也确实让人困惑不解,简直就是书里的情节成真了。其实,这事从头到尾都弄错了。要知道,事情原来不是这样设计的,因此让我们更加困惑。凶手的真正意图是嫁祸可怜的巴兹尔·布莱克——一个看起来更有可能犯罪的人,而巴兹尔却把尸体搬到了上校的藏书室,对事情进展造成了相当大的延误,真正的凶手对此一定非常恼火。

"你看,布莱克先生本来会成为第一个怀疑对象。警方会在丹尼茅斯进行询问,发现他认识那个女孩,然后发现他还和另外一个女孩关系密切,警方会因此认为鲁比去勒索了他,或是类似的事,他一怒之下将她勒死。最后这只会是一起普通的、令人不齿的,我称之为夜总会类型的犯罪!

"不过,当然,一切都错了,警方的兴趣很快转移到杰弗逊一家身上——这使某个人非常生气。

"正如我告诉你的,我这个人疑心很重。我的外甥雷蒙德说——当然是开玩笑,而且是善意的——我的心就像个水槽。他说维多利亚时代的人大都这样。我能说的只是维多利亚时代的人非常了解人性。

"如我所说,怀着如此不健康的——或者说是完全健康的——心理,我立刻从金钱的角度看待这件事。这个女孩的死会让两个人受益——这一点不能忽视。五万英镑不是个小数目——特别是对于有财务困难的人,而这两个人正有这种麻烦。当然,这两人看起来似乎都非常善良,待人友好,不像是干那种事的人——不过谁也说不准,是不是?

"比如杰弗逊夫人——每个人都喜欢她。可那个夏天她的确变得非常躁动不安,厌倦了这种完全依靠公公的生活方式。因为医生告诉过她,所以她知道他来日不多,于是她还能忍受——说得无情一点儿——或者说如果鲁比·基恩没有出现,或许也没事。杰弗逊夫人非常爱她的儿子,而且有些女人会有些奇怪的想法,比如觉得为了儿女所犯的罪行在道德上几乎可以说是合理的。我在乡下就遇到过一两次,她们说:'好了,这全都是为了戴西,你知道的,小姐。'她们似乎认为这能使令人怀疑的行为变得合情合理。这是非常不严肃的想法。

"当然,如果可以用一个体育名词来形容,马克·加斯克尔先生是个起跑线上的赛跑选手。他是个赌徒,而且我想,也没有很高的道德标准。不过,出于某些原因,我觉得这个案子一定牵涉到一个女人。

"我说过,在我看来,金钱似乎是最有可能的动机。然而医学证据表明鲁比·基恩死时这两个人都不在现场,这一点实在恼人。

"但是,不久之后,在一辆被烧毁的汽车里发现了帕米拉·里夫斯的尸体,于是整件事也就迎刃而解。当然,不在场证据完全没有价值。

"现在我把这个案子分为两部分,两者都很令人信服,却无法联系在一起。其中有某种联系,但我就是找不到。我知道的唯一与犯罪有关的嫌疑人没有动机。

"我真是愚蠢,"马普尔小姐若有所思,"要不是黛娜·李,我根本想不到——其实这是世界上最明显不过的事。萨默塞特教堂!结婚!这不仅仅是加斯克尔先生或杰弗逊夫人的问题——结婚意味着进一步的可能性。如果这两个人中的一个结婚了,或者甚至说可能会结婚,那么也要把婚约的另一方考虑在内。比如说,雷蒙德可能认为自己有机会娶一个富有的女人为妻。他对杰弗逊夫人殷勤有加,而我认为,正是他的魅力将她从长期守寡的状态中唤醒。她一直满足于做杰弗逊先生的女儿——就像露丝和娜奥米——不过,如果你们记得的话,娜奥米费了百般周折为露丝安排了一桩合适的婚姻。

"除了雷蒙德,还有麦克莱恩先生。她很喜欢他,而且最终似乎很可能会跟他结婚。他并不富有——而且出事那天晚上他就在离丹尼茅斯不远的地方。所以,看起来每个人都有可能作案,是不是?

"不过,我心里很明白。我们不能忽视那些被咬过的指甲,是不是?"

"指甲?"亨利爵士说,"可是她只是断了一个,然后把其余的剪掉了。"

"完全不是这样,"马普尔小姐说,"咬过的指甲和剪短的指甲完全不一样!任何对女孩的指甲稍有所了解的人都不会弄错——咬过的指甲很难看,我总是对课上的女孩们这样说。要知道,那些指甲就是事实。它们说明了一个问题。班特里上校藏书室里的尸体根本就不是鲁比·基恩。

"这一点立刻把你引向那个与之有关的人。乔西!乔西辨认过尸体。她知道——她一定知道——那不是鲁比·基恩的尸体。然而她说是。她很困惑,完全想不通尸体怎么会在那里。她其实已经泄露了秘密。为什么?因为她知道,清楚地知道,尸体本应该在哪里!在巴兹尔·布莱克的小屋。是谁把我们的注意力引向巴兹尔?是乔西,她告诉雷蒙德,说鲁比可能和那个拍电影的家伙在一起。在这之前,她悄悄往鲁比的手提包里塞了一张巴兹尔的快照。谁会对这女孩怀有这么深的恨意，甚至看到她死了都掩盖不住？乔西！乔西，精明、实际、冷酷无情，所做的一切都是为了钱。

"这就是我刚才说的太容易相信别人。乔西说尸体是鲁比·基恩，没有人对此表示怀疑，这只是因为她当时没有撒谎的动机。动机一直是个难题——这件事显然与乔西有关，但无论如何鲁比的死似乎都和她的利益相悖。直到黛娜·李提起萨默塞特教堂，我才找到我要找的那个联系。

"婚姻！乔西和马克·加斯克尔其实已经结婚了——于是一切就清楚了。现在我们已经知道，马克和乔西一年前就结婚了。他们一直没让这个秘密见光，打算等到杰弗逊先生去世。

"你们看，追查事情的原委非常有意思——可以确切地看到这个计划是如何实施的。既复杂又简单。首先选中那个可怜的孩子帕米拉，从电影入手，接近她。试镜——那可怜的孩子当然无法抗拒，尤其是在马克·加斯克尔的花言巧语下更加难以拒绝。她来到酒店时他正等着她，他从侧门把她领进去，介绍给乔西——他们的一个专业化妆师！可怜的孩子，一想到这个我就难受！她坐在乔西的卫生间里，让她把自己的头发颜色漂浅，给脸上化妆，手指甲和脚指甲都涂上了指甲油。在这个过程中，她还被下了药。很可能是放在冰淇淋苏打水里。她陷入了昏迷。我估计他们把她放到了对面的一个空房间里——那些房间每星期只打扫一次，如果我没记错的话。

"晚饭后，马克·加斯克尔开车出去了——他说是去了滨海区。其实是把套上鲁比旧裙子的帕米拉的尸体运到了巴兹尔的小屋，并放在炉前地毯上。当他用连衣裙带子勒她时，她还没有意识，但还活着……太可怕了——我希望、我祈祷当时她完全没感觉。真的，想到绞死加斯克尔就让人高兴……当时一定是刚过十点钟。然后他开车以最快的速度返回酒店，在休息厅里找到那群人，这个时候鲁比·基恩还活着，正在和雷蒙德表演。

"我想乔西事先已经为鲁比做了指导。鲁比也习惯对乔西言听计从。按计划，她要去乔西的房间换衣服，然后等着。她也被下了药，很可能是放在晚饭后的咖啡里。记得吧，她和小巴特列特谈话时一直在打哈欠。

"乔西后来上楼去'找她'——可除了乔西，没有别人进过乔西的房间。她可能就是那个时候将鲁比处理掉的——也许是注射，也可能是敲击后脑。她走下楼，和雷蒙德一起跳舞，然后和杰弗逊一家讨论鲁比可能去的地方，最后上床睡觉。凌晨时分，她给鲁比穿上帕米拉的衣服，把尸体从侧楼梯运下去——她是个力气很大的年轻女人，再取来乔治·巴特列特的车，开了两英里到达采石场，在车上浇上汽油，点着。之后步行回到酒店，可能之前就算好会在八九点钟到达——让人以为她由于担心鲁比而起了个大早！"

"非常复杂的情节。"梅尔切特上校说。

"并不比舞步更复杂。"马普尔小姐说。

"我想是吧。"

"她考虑得非常细致周到。"马普尔小姐说，"她甚至想到了她们的指甲不同。这就是她设法用自己的披肩弄断了鲁比一个指甲的原因，这样就有借口说服鲁比把其余的指甲都剪短了。"

哈珀说："是的，她什么都想到了。马普尔小姐，你真正的证据只有那个女学生啃过的指甲。"

"不止这些。"马普尔小姐说，"有的人话太多。马克·加斯克尔就是这样。谈到鲁比时，他说'她的牙齿参差不齐。'但是，班特里上校藏书室里那具女尸的牙齿是向外突的。"

康韦·杰弗逊表情严肃地说：

"最后那戏剧性的结尾是你的主意吗，马普尔小姐？"

马普尔小姐承认了。"哦，确实是的。确认一下不是很好吗？"

"当然好。"康韦·杰弗逊沉着脸说。

"你看，"马普尔小姐说，"马克和乔西一旦知道你打算重新立遗嘱，就一定会采取行动。他们已经为了钱杀死了两个人，所以并不介意杀第三个。当然，马克必须是清白的，所以他去了伦敦，先在一家饭店和朋友吃饭，然后又去了夜总会，这样便有了不在场证据。乔西去做这件事。他们还想把鲁比的死继续嫁祸给巴兹尔，所以杰弗逊先生的死因必须被鉴定为心脏衰竭。警司说，注射器里有洋地黄苷。任何医生都会认为在这种身体状况下，心脏衰竭而死是很自然的事。乔西已经弄松了阳台上的一块圆石，准备事后把它推下去。这样他的死便会被认为是受到响声惊吓所致。"

梅尔切特说："诡计多端的魔鬼。"

亨利爵士说："那么，你之前说的第三起死亡指的是康韦·杰弗逊？"

马普尔小姐摇摇头。

"哦，不——我指的是巴兹尔·布莱克。如果可以，他们早就绞死他了。"

"或者关在布罗德穆尔。"亨利爵士说。

康韦·杰弗逊哼了一声，说：

"我一直知道罗莎蒙德嫁给了一个无赖，只是不愿意承认。她非常喜欢他。喜欢一个凶手！好了，他和那个女人都会被绞死。我很高兴他可以消失了。"

马普尔小姐说：

"她的性格一直很强硬。这件事从头到尾都是她策划的。具有讽刺意味的是,鲁比是她自己找来的,可她做梦也没有想到鲁比会得到杰弗逊先生的喜爱,进而让她的希望破灭。"

杰弗逊说:

"可怜的姑娘。可怜的小鲁比……"

艾黛莱德·杰弗逊和雨果·麦克莱恩走了进来。今晚艾黛莱德看上去很美。她走近康韦·杰弗逊,把一只手放在他肩上,说话时有点儿气喘:

"我想告诉你一件事,杰夫。现在就说。我打算和雨果结婚。"

康韦·杰弗逊抬头看了她一会儿,然后语气生硬地说:

"你是该再婚了。祝贺你们。顺便说一句,艾迪,明天我要重新立一份遗嘱。"

她点点头。"哦,是的,我知道。"

杰弗逊说:

"不,你不知道。我打算给你留一万英镑,我死后其余的钱都留给彼得。你觉得可以吗,我的女孩?"

"哦,杰夫!"她脱口而出,"你真是太好了!"

"他是个好孩子。我很希望常常看到他——在我余下的日子里。"

"哦,你会的!"

"彼得对犯罪事件的预感很强。"康韦·杰弗逊思考着,"他不仅有那个被杀害的女孩的指甲——总之是其中一个被杀害的女孩——还幸运地弄到了一点儿乔西折断那片指甲的披肩。所以他还有女杀人犯的纪念品!这让他非常高兴!"

2

雨果和艾黛莱德穿过舞厅。雷蒙德走上前去。

艾黛莱德迅速地说：

"我必须告诉你一个消息。我们就要结婚了。"

雷蒙德脸上的微笑无懈可击——一种勇敢、深沉的微笑。

他没理会雨果，而是盯着她的眼睛，说：

"祝愿你非常、非常幸福……"

他们离开后，雷蒙德站在原地看着他们的背影。

"一个好女人，"他自言自语，"非常好的女人。而且她还会有钱。我花心思恶补的那点儿有关德文郡斯塔尔家族的事……哦，算了，我的运气走了。跳吧，跳吧，你这个小人物！"

雷蒙德走出了舞厅。

The Body in the Library
Copyright © 1942 Agatha Christie Limited
© 2013 Letter for Chinese Reader, New Star Edition by Mathew Prichard
www.agathachristie.com
The Miss Marple icon is a trademark, and AGATHA CHRISTIE, Miss Marple, *Agatha Christie*®, and the AC Monogram Logo are registered trade marks of Agatha Christie Limited in the UK and elsewhere. All rights reserved.
Published by agreement with ACL.
Simplified Chinese edition copyright 2021 New Star Press Co., Ltd.

图书在版编目（CIP）数据

藏书室女尸之谜／（英）阿加莎·克里斯蒂著；王乐然译 . —— 2 版 . ——北京：新星出版社，2021.5
ISBN 978-7-5133-3952-0

Ⅰ.①藏… Ⅱ.①阿… ②王… Ⅲ.①侦探小说－英国－现代 Ⅳ.①I561.45

中国版本图书馆CIP数据核字（2021）第072255号

午夜文库
谢刚 主持

藏书室女尸之谜

[英]阿加莎·克里斯蒂 著；王乐然 译

责任编辑：王　欢
责任印制：李珊珊
封面插图：宣　和
封面设计：周伟伟

出版发行：新星出版社
出 版 人：马汝军
社　　址：北京市西城区车公庄大街丙3号楼　　100044
网　　址：www.newstarpress.com
电　　话：010-88310888
传　　真：010-65270449
法律顾问：北京市岳成律师事务所

读者服务：010-88310811　　service@newstarpress.com
邮购地址：北京市西城区车公庄大街丙3号楼　　100044

印　　刷：北京盛通印刷股份有限公司
开　　本：910mm×1230mm　　1/32
印　　张：6.625
字　　数：90千字
版　　次：2021年5月第二版　　2021年5月第一次印刷
书　　号：ISBN 978-7-5133-3952-0
定　　价：42.00元

版权专有，侵权必究；如有质量问题，请与出版社联系调换。